俺様御曹司は元令嬢を囲い込みたい

序章

あの日、幼心にも煌《きら》びやかなその世界に息を呑んだのを、碧《あおい》は覚えている。

星のように降り注ぐシャンデリアの明かりの下に、綺麗なドレスを着た人たちがたくさんいた。

花ケ崎《はながさき》碧は赤いリボンをつけたテディベアを両手でぎゅうっと抱きしめ、周囲を見回す。

赤い絨毯《じゅうたん》が敷かれた廊下に、花で飾られた階段。

どこを見ても、絵本の中みたいだ。

「ねえねえ、お父様」

「どうした？」

「ここにはお姫様が住んでるんでしょう？　どんな人なのかしら？」

「はは、お姫様は住んでいないよ。ここは、いろいろな人たちをおもてなしするための館だよ」

「おもてなし？」

「んー、楽しんでもらうってことかな」

父の言うことをなんとなく理解した碧は、広場に連れていかれる。

そこには、碧の知らない言葉を話す人や、テレビで見たことがある人など、さらにたくさんの人がいた。

けれど、自分と年齢の近そうな子どもは見当たらない。

五歳の彼女にとって、大人しかいない空間はつまらないものだった。

最初はおとなしく椅子に座っていたが少しすると飽きてしまい、テディベアを抱きしめて館の中を探検することにする。

「お父様はいないって言ったけど、きっとお姫様がいると思うの。眠り姫みたいに眠ってるのかしら？」

テディベアに話しかけながら、階段を上《のぼ》り廊下を進む。そうして行き止まりで戻っては 道を変えた。

しばらくそうやって探検をしていると、さすがに歩き疲れてくる。

父のいる広場へ戻ろうと振り返った碧は、その先が真っ暗であることに気がつく。いまにもおばけが出てきそうだと思い、テディベアを強く抱きしめた。

「こ、怖くないもの。レディは、こんなことで怖がったりしないもの」

いついかなる時も、冷静であれと母に教えられている。

水滴が零《こぼ》れてこないよう目をぱちぱちと瞬《しばたた》き鼻をズッと啜《すす》ると、碧は恐る恐る明るいほうへ歩き出した。

小さな物音が耳に入り、肩をびくっと震わす。

テディベアがつぶれるほど抱きしめ、ますます早足で歩いた。

するとと、またしても後ろから音が聞こえる。

その音がどんどん近づいてきて、碧はついに走り出す。

「うーうー、やああ」

やみくもに走り続け、ふいにテディベアを落とした。慌てて拾おうとし、そのせいで足がもつれてべしゃっと転んでしまう。

「うっ、うっ」

膝と手のひらが痛い。その上、怖い。こんなことなら、大人しく父のそばにいればよかった。

そこに突然、知らない人の声がした。

「おい」

「ひぃっ、う、う、うわあぁあああん」

碧はとうとう声を上げて泣き始める。

「うわ、泣くな！　泣くなって！」

それに驚いたのか、声をかけてきた人が焦って碧になにかを差し出した。

「ひぐっ、うっ？」

「これ、やるから。泣くな」

「なあに？　これ」

「俺のお気に入りのガラス玉」

「綺麗」

碧はぐしぐしと涙を拭いて、手渡された大きなガラス玉を受け取る。

天井に向けて光に当てると、それは七色に輝いた。

「わああ」

先ほどまでの恐怖を忘れ、ガラス玉をくれた人を見上げる。

そこには、碧の知らない男の子が立っていた。意思の強そうな目つき、乱れた青みがかった黒髪。

無造作に剥《は》ぎ取ったであろう子供用のネクタイがポケットから見えている。

こちらをまっすぐに見つめてくる、綺麗な瞳へガラス玉越しに見入った。

じっと動かなくなった碧を心配したのか、男の子はしゃがんで覗き込んでくる。

「どうだ？　泣きやんだか？」

「ん、ありがとう」

碧が小さく頷いたことで、安心したように男の子が息を吐き出した。

「ほら」

いつまでも座り込んでいる碧に手が差し出される。碧はその手をとって、立ち上がった。

「あなたはだあれ？」

「俺は、くじょうこうが」

「コウガくん」

「お前は？」

「えっと、えっと、はながさきあおいです」

碧はできるだけレディらしくお辞儀をしてみせる。

絵本の中のお姫様のように綺麗な挨拶《あいさつ》ができただろうか。

ドキドキして様子を窺《うかが》う。

男の子は落ちていたテディベアを拾い、埃《ほこり》を軽く払って碧に手渡しながらまた尋ねる。

「こんなところで一人でなにしてたんだ？　迷子か？」

碧は、テディベアを受け取りつつ見栄をはって答えた。

「探検してたの」

「ふうん。なら、続きするか？」

「一緒にいてくれるの？」

「年下を守るのが年上のつとめだからな」

「あおい、五歳だもん」

「俺は八歳だ」

「じゃあ、お兄さんだ」

そこで二人は手を繋ぎ合う。碧は心細かったことも忘れ、男の子といろいろなところに忍び込んで遊んだ。

そして、いつの間にか眠ってしまったらしく、気がついた時には、自宅のベッドで朝を迎えていた。

パジャマ姿の碧は、リビングへ行き父に声をかける。

「お父様、昨日の男の子は？」

「碧、ご挨拶《あいさつ》が先」

開口一番に尋ねると、母に叱られた。

「おはようございます。お父様、お母様」

碧は慌てて挨拶《あいさつ》をし、父の膝に上《のぼ》ってもう一度同じ質問をした。

「男の子……。ああ、九条《くじょう》さんのところの煌雅《こうが》くんか。昨日、遊んでもらっていたね」

「遊んでもらったんじゃないわ。一緒に探検したのよ！　あの子とまた会える？」

「会えるとも。九条さんは、よくパーティーに出席するからね」

それからというもの、碧は父が出席するパーティーに連れていってもらい、煌雅と遊ぶようになる。彼の自宅へも遊びに行ったし、彼が碧の家に来ることもあった。

パーティーで会えば、二人で抜け出して会場を探検したり、庭に出て遊び回ったり。そのたびにドレスを汚すので母には怒られたが、煌雅と一緒に遊ぶことをやめることはなかったし、そのこと自体を両親に止められたこともなかった。

煌雅は強引で、碧が嫌だということも時々するけれど、本当に嫌なことはしない。それに碧が泣かないようにと気遣ってくれた。他の男の子がぬいぐるみを持ち歩く碧をからかっても、煌雅だけはそんなことはせず、碧の大事なテディベアも仲間として見てくれる。

乱暴な口調の時は怖いと思うけれど、いつも頼りになる彼は碧にとって家族以外で一番信頼できる人になっていた。

兄弟のいない碧にとって、煌雅は優しく頼もしい兄みたいな存在だったのだ。そして、その想いが恋心に変わるまで大した時間はかからなかった。

けれど幼い頃はともかく、成長するにつれ、二人は自分たちの立場を理解する。

碧の父は海運会社の社長で、碧はその一人娘だ。古くからある財閥といった家ではないものの、父の大切な会社を継げるのは碧だけ。つまり、婿《むこ》をとって、その人に次の社長となってもらわねばならない。

父は娘に会社の経営を背負わせる気はないようだった。

そして煌雅は、大企業を経営する一族の嫡男だ。彼が婿《むこ》入りすることなど、ありえない。

中学生になった碧は、父にも母にも、そのことを耳にたこができるほど言われ続けた。

碧からすれば、それは父親の都合であって、自分が煌雅と仲良くするのをやめる理由にはならないし、そうしたくもない。こんなことで煌雅と会えなくなるのは嫌だった。

父のことは大好きだ。大切だとも思っているが、家のことを背負わせようとするのは苦しくてたまらない。けれど、自分が一人娘だということも理解しているし、いつか覚悟しなければならない日だってくるだろう。

その日まではただ純粋に、口が悪くても心根がとても優しい彼のことを想っていたかった。

碧のくだらない話を聞き、ぶっきらぼうながらも相づちを打ち、優しい眼差《まなざ》しをくれる煌雅。彼にとって自分は特別な存在なのだと信じていた。たとえ、妹のようなものだとしても。

無造作に髪の毛を掻《か》き上げる仕草も、スムーズなエスコートも大好きだった。

煌雅は碧の誕生日や、クリスマスには必ずプレゼントを用意してくれる。彼が自分のことを考えて用意したというだけで、嬉しかった。彼からもらえるものであれば、庭に咲いている花一輪だって喜んだだろう。

高校生になった煌雅の周りにはいつも人がいて、なんだか窮屈《きゅうくつ》そうだった。実際、彼は碧と一緒にいる時は素になれると笑っていたこともある。

もともとスタイルがよい彼は、学生服でも私服でも、常に素敵だった。少しだけ着崩している姿にも、碧はどきどきしたものだ。

けれど二人が仲良くしていると両親が困った顔をするせいか、いつしか煌雅に避けられるようになる。

それまでは、休みの日や学校終わりに待ち合わせをしてカフェで話をしたり、どちらかの家でゆったりと過ごしていたりしたというのに、終わりを告げる鐘が鳴るのはあまりにも早かった。

連絡をとっても忙しいと断られ、偶然街で会っても視線を外され、会話も弾まない。

父に連れられてやってきたパーティーで久しぶりに話しかけても、煌雅は礼儀正しく挨拶《あいさつ》をするだけで、まともな会話はしてくれなかった。

それが寂しくて、切なくて、煌雅に会う夜はいつもテディベアを抱きしめて泣いた。

四六時中に一緒にいたことが嘘みたいだ。

ただ一緒にお茶をし、本を読み、学校の話をする。そんな些細《ささい》なこともできなくなってしまった。

初恋は実らないというのは本当らしい。

そのまま月日は流れ、碧が推薦で私立の大学へ進学が決まった頃、ある事件が起きる。

それが碧の人生の分岐点、そして、煌雅との完全な別離になった。

第一章　青天の霹靂《へきれき》

外の喧騒《けんそう》で目が覚めた。

壁が薄いこのアパートは、隣の声がひどく響く。

碧はのそのそと起き上がり、硬い身体を伸ばす。

やわらかなベッドで眠っていたのは、七年も前のことだ。この薄い布団にも、とっくに慣れた。

何年も前に安く買った洋服に袖を通し、量販品の食パンとインスタントのスープで朝食を済ませる。そして、ドラッグストアでそろえたバーゲン品で化粧をした。

鏡に映る自分の顔を見つめる。

「変わったなあ……」

顔色は健康そうだし、睡眠不足でも食事の量が少ないわけでもない。

順風満帆《じゅんぷうまんぱん》とはいかなくても、それなりに幸せだ。

ただ、時々昔がとても懐かしくなる。

碧の胸が切なく疼《うず》いた。こんな未練がましい感情を持ち続けても、いいことはないのに。

その想いを振り切るように、首を横に振る。

「……仕事行こう」

建付けの悪いアパートの扉を開け、部屋を出た。隣の部屋の夫婦喧嘩《げんか》の声が大きくなる。

碧は聞こえないふりをして、廊下を足早に通りすぎた。

春とはいえ、朝方はまだ肌寒い。それでも降り注ぐ日差しの柔らかさが、心を慰《なぐさ》めてくれた。

風を感じながら、碧は踵《かかと》がすり減ったパンプスで駅へ向かう。

花ケ崎碧は、苗字を母の旧姓である窪塚《くぼづか》に変え、父の会社ではなく中小企業で事務員をしていた。

＊　＊　＊

事の起こりは、七年前。父が倒れたこと。

すぐに救急車を呼んだものの、父はくも膜下出血であっという間に亡くなった。

どうしようもない悲しみと苦しさのせいか、葬儀前後の記憶はあまりない。

一番深く覚えているのは、叔父達に騙《だま》されて会社と家を奪われたことだ。

父との思い出がたくさん詰まった家を追い出され、母と二人、路頭に迷うことになった。

もっとも母がすぐに安いアパートを探し、そこで二人暮らしを始めた。

碧は父が亡くなったことと、叔父たちに騙《だま》されたことが悲しくて、引きこもって泣き続けていたが、母は悲しいはずなのに嘆かず、早々に仕事まで決め、そして碧を励まし、どうにか前に進んできたのだ。

そんな逞《たくま》しい母は、元々、父と結婚するまではキャリアウーマンだったという。仕事で知り合った父に猛アタックされ、会社を辞めて夫を支えるために家に入ったのだそうだ。

母の背を見て、碧は顔を上げた。

二人で頑張ろうと笑う母がいなかったら、碧の心は潰れていただろう。

それに、父の遺産のほとんどを叔父に取られたとはいえ、母の口座にも父はそれなりのお金を遺しておいてくれた。そのおかげで碧は、大学に進学できたのだ。

もちろん、当初予定していたお金のかかる私立ではなく、公立の大学を受け直した。私大に通うほどの余裕はなかったから。

いま考えると、父が亡くなってすぐにでも動かなければならなかったのは、かえってよかったのかもしれない。そのおかげで余計なことを思考せずに済んだ。

高校までの友人たちとは連絡しなくなった。碧が自分のことで手一杯で連絡できなかったせいでもあるし、彼女たちからも連絡はない。

それはもちろん、煌雅も同様だ。

父が倒れた頃は、彼とは会話らしい会話をしていなかった。

碧は高校生で、煌雅が大学生だったというのもあり、それぞれの世界があった。それでも、同じ年頃の令息、令嬢となればコミュニティは共通する。幼い頃から同じ顔ぶれで、お互いの近況を誰からともなく知ったりする。

煌雅は大学で知り合った女性と付き合っていて、よくクラブに出入りしているらしい。

碧には縁のない世界だった。クラブという場所は怖いところだと、友人や父から言われており、そんな場所に出入りしている煌雅のことを、知らない男性のようだと感じてしまう。

もう碧がよく知る彼は存在しないのだと思った。

それでも、父が亡くなった時に葬儀に来てくれた彼を見て泣いたことを覚えている。煌雅は、出会った時みたいに、少し狼狽《うろた》えつつも傍にいてくれた。彼が以前のような距離で傍にいてくれたのは、あれが最後だ。

彼の家族は、父が亡くなっても碧たちに対する態度を変えなかったものの、碧にはかえってそれが辛く、自分から付き合いを断っている。

父の名義だったスマホを解約したのを理由の一つにした。全部なくし、リセットしてしまいたかった。そうでなければ、この先生きていけないとさえ思ったのだ。

そのくせ、新しく契約したスマホから彼の連絡先を消せないでいるのは未練だった。

人間関係を擬似的にリセットしたからといって、大学で新しい友人を作ることもできない。

当時の碧は、同じ大学に通う人達と価値観がずれていることがわからず、相手を傷つけるような言動をしていたのだ。

お金の心配をしたことがなく、割り勘という制度が存在することも知らなかった。これまでは、友人と食事に行く時は、誘った人間が全部支払い、両親が懇意《こんい》にしているお店であれば自動的に両親へ請求がいったからだ。

　はじめて行った居酒屋でお金を出すことに思い至らず、財布すら出さないでいたら同級生たちの顰蹙《ひんしゅく》を買ってしまった。碧もなぜそんな目で見られるのかわからず、戸惑った。

　また、父と一緒に行ったお店で食事をして帰ろうとし、女将《おかみ》に食事代を請求された。女将《おかみ》は困ったように笑って説明してくれた。

　本来食事代というものはその場で支払うもので、以前は花ケ崎という名前の信用があったから、請求しなかっただけ。いまは花ケ崎家の令嬢ではない碧には、その信用がないのだと。

　花ケ崎という名前に守られていない自分には価値がないのだ。

　それでも、父には世話になったからと女将《おかみ》は奢《おご》ってくれた。そのことが恥ずかしくとも、碧にはその支払いをする所持金はなかったし、クレジットカードも止められていた。

　本当の意味で、碧はわかっていなかったのだろう。令嬢でなくなるということがどういう意味を持つのか。

　いまならそれがわかるけれど、当時の碧は混乱するばかりだった。母は必死に働いており、朝早くから夜遅くまで家を空《あ》けるのが当たり前になっていたのだ。その母に心配をかけたくなくて、ネットで普通というのはどういうものかを調べた。

　そうして、自分がいかに恵まれていたのかに気づいたのだ。

　苗字を変えることになったのは、そんな頃のこと。

　ネットに、面白おかしく碧の情報が書かれたのだ。

曰《いわ》く、「落ちた令嬢」。

事実を織《お》り交ぜてはいるものの、そのほとんどは悪意にまみれた嘘だった。

母は夜の仕事をしていて、父に迫り結婚したことにされ、その財産がなくなったいま、娘の碧も同じ仕事に就《つ》いているのだろうなど、なんの根拠があるのか首を傾げたくなる内容である。

そんな記事を最初に見つけてきたのは、大学のゼミで隣に座っていた男性だ。彼は教室で笑いながら、記事を読み上げた。

その男性は、以前碧を遊びに誘った人だった。

ただその頃は、大学や変化した環境に慣れるのに必死で、「余裕がないので、お断りさせてください」と丁寧に断った記憶がある。

それからしばらく経って同じゼミの人たちで出かけた時、彼がお店に先に入り扉を開けて待ってくれなかった。それを「扉を開けておいてはくれないんですか？」と聞いてしまったのだ。

前まで碧が通っていたお店の人たちはそうしてくれたし、友人だった男性や煌雅はとても紳士的で、いつも女性をエスコートしてくれた。

しかも碧は、ゼミの男性が食事代を少し多めに出したのを強調したことに違和感を持ち、首を軽く傾げてしまったこともある。その無自覚な行動が彼は気に障ったのだろう。

煌雅はいつもなにも言わなかったし、恩に着せることもなかった。碧も、その代わりではないが、なにかあれば彼にプレゼントをしたりしていた。

当時の碧にはまったく理解できなかったが、あの時、ゼミの男性は自尊心を傷つけられたのだと、社会人になってからやっと気がついた。

自分の無知を何度恥じれば、彼らと同じ価値観を持てるのかわからなかった。

そんなふうに周囲を苛立《いらだ》たせ、お高くとまっていると思われていた彼女が事実ではないと訴えたところで、大学の同級生の多くは碧の言葉を聞いてくれなかった。

夜の仕事をしているのならいいだろうと迫ってくる男も出始め、辛い日々が続いた。温室育ちの碧は、枕営業の意味すら知らなかったのに。

しかも、世事《せじ》に疎《うと》いせいで軽く躱《かわ》すこともできずにいた。

そのストレスもあって、暴飲暴食を繰り返し、体重が十キロほど増えた。

やがて、悪意を真正面から浴びる碧の状況を知った母は、苗字を変えることを提案してくれたのだ。すでに名前を知られている同級生たちには意味がないかもしれないが、この先も同じ苦しみを味わわずに済むように、と。

碧は迷ったものの、結局その提案を受け入れた。

父のことは大好きだ。両親に笑いかけられると幸せだった。

だから、父の苗字である花ケ崎は、大切な宝物でもあった。

でも少しだけ、父を恨《うら》んでもいる。

なぜ、こんな早く亡くなってしまったのか。

なぜ、こんな辛い思いをしなければならないのか。

なぜ、こんな疲れた母を見なければならないのか。

そんなことを考えたって仕方がないし、父だってあんなに早く自分たちを置いていきたくなかっただろう。そうわかっていても、やり場のない気持ちを父にぶつけるしかなかった。

それに、いまの自分に花ケ崎の名前はすぎたものだとも感じていた。

過去を忘れて前を向くために、碧は苗字を変えたのだ。

それでも、大学に通うことは辛く苦しくて、自宅で煌雅から貰ったガラス玉を握りしめながらテディベアを抱きしめるのが日課になってしまった。

昔のように煌雅へ語りかけるように、テディベアに話しかけた。

今日どんなことがあって、どんなことを言われたのか。そんな中にも、少しだけ楽しいこともあるのだと。

父がいた時必ず門限には帰宅し、遅くなれば車を呼ぶことが当たり前だった。いまはどんなに遅くなっても歩いて帰る。そこではじめて、風の気持ちよさと花の香りを感じたことなど。

そうして半年近く経ち、やっと大学で友人ができた。

碧が同級生の嘘を信じてしまい、騙《だま》されそうになっているのを助けてくれたのだ。

彼女たちは親切にも、碧が端《はた》からどう見えるのかを教えてくれた。

碧のずれた言動が、時に人を傷つけている、と。

だからといって、碧を騙《だま》そうとしたり怖い思いをさせようとするのは違うのだと怒ってくれた。

そしてこの先、普通に生きていくのならば、価値観などを矯正《きょうせい》したほうがいいと、あらゆることをアドバイスしてくれた。

元がお嬢様だから仕方がないが、口調もいまのままではお高くとまっているように思われると言われて、口調すら他の人とそんなにも違うのだと気がついた。

こうして碧はアドバイスに従い、仕草や口調などを矯正《きょうせい》していったのだ。

彼女たちのおかげで、碧はなんとか周囲に溶け込めるようになった。

バイトも始めて、自分で働く大変さやお金を得る楽しさも覚えた。

次第に大学も楽しくなってきて、友人たちと一緒に旅行にも行った。自分たちで企画をし、宿や交通手段を決めて行動する。碧があのまま令嬢として過ごしていたら、決して知ることのできなかった楽しさだろう。

結果、大学を卒業し、就職もできた。

大企業というわけにはいかなかったが、安定した中小企業の事務だったので、母も喜んでくれた。

その日は母に誘われて、久しぶりに父とお祝いの時によく行ったレストランで食事をした。あの頃のように、綺麗なワンピースを新調できたわけではなかったが、自分のバイト代で買ったレースのワンピースは碧にとって自信の一つになった。

煌雅も知ったら、きっと喜んでくれただろう。

よくないとわかっていながらも、心の中で煌雅に話しかけるのが癖になってしまった。彼との思い出とガラス玉、それにテディベアが碧の心の支えだったのだ。

社会人になってからも、会社に慣れることや働くことに必死だった。

それでも、ふとした瞬間、昔のことを思い出す。いい加減吹っ切らないといけないのに、彼のことを夢見てしまう。

おとぎ話のように、いつか迎えにきてくれるんじゃないかと。

二十五歳にもなって、幼すぎる。

そもそも彼がいまの彼女を見ても、もう碧だと気づくことはできないだろうに。

＊＊＊

会社の最寄り駅で電車を降りた碧は、後ろから声をかけられた。

「碧、おはよう」

「七海《なみ》さん！　おはよう」

「今日は珍しくギリギリだね」

「そうなの、朝少しぼんやりしちゃって」

七海は同じ会社の同僚だ。碧と同じ年ではあるが、彼女は転職組のため同期ではない。

社内で、碧が心を許せる一人だ。

その彼女が、表情を曇《くも》らせる。

「顔色悪いけど、ひょっとして、お母さんになにかあった？　大丈夫？」

「んー、特になにかあったわけじゃないから大丈夫。ただ、仕事は休めないみたいで……病院で検査したほうがいいとは伝えてるんだけどね」

碧の母は、最近体調を崩していた。家を追い出されてからこれまで、休みなく働き続けてきたせいだろう。

父が遺してくれたお金が多少あったとはいえ、それだけでずっと食べていけるわけがない。日々の食費や衣服など、母が稼《かせ》いで賄《まかな》っていた。

だが、碧も働くようになったのだし、そろそろ母も仕事を抑えてもいい頃だ。

それなのに彼女は、相変わらず碧よりも早く家を出て、碧よりも遅く帰ってくる。確かにその分、給料はいいけれど、このままでは身体を壊してしまう。

碧はもう一度母に話をして、病院に連れていこうと決意をした。

七海と二人で会話をしていると、会社に着く。

働き始めて三年、始業の準備などは身体に染みついている。メールのチェックをし、必要なものに返信をし、営業に頼まれた書類を清書したり、備品の個数を確認して発注をかけたりと雑務をこなしていく。

そんなに大きくない会社なので、事務員といってもさまざまなことをこなす。

雑務的なことから、スケジュール管理や調整などの秘書業務まで、やることは多岐にわたる。

定時になり、碧が帰り支度をしていると七海が声をかけてきた。

「碧、ご飯食べて帰らない？」

「うん、いいよ」

一緒に会社を出て、歩きながらどのお店に行くかを相談する。

「どこに行く？」

「いつもの居酒屋！　あそこの焼き鳥、たまに無性に食べたくなるんだよね」

「おいしいよね焼き鳥。特製のつくねを卵につけて食べるのとか」

「わかるわかる」

七海とよく一緒に行く居酒屋は、会社の最寄り駅近くにあるが少し奥まった場所のためか、会社の人に出会うことはほとんどないし、予約をしなくても入れる。

そうして居酒屋で、会社のことやプライベートの話をしながらお酒を飲んだ。二時間ほど楽しんだあと、遅くなる前にとお店を出る。

駅までの道は、碧たちと似たようなほろ酔いの人でにぎわっていた。

「――やっぱり、金曜の夜のお酒とご飯はいいね」

「本当に。お腹いっぱい」

「二人して結構食べたもんね」

他愛《たあい》のない話をしながら歩いていると、高級ホテルの前に差しかかる。エントランスに高級車が停まっているのが目に入った。

「素敵な車……」

「碧って車好きだよね」

「免許は持ってないけど、少しだけ」

そう返事をしたものの、碧はたいして車に興味があるわけではない。ただ、以前よく目にしていた車種だっただけだ。

「素敵な車」と口にしたのは高級そうという意味もあるが、よく手入れされていて綺麗だと思ったからだった。

ホテルから出てきた男性が、その車に乗り込もうとしている。

「っ……」

碧の息が止まる。

世界のそこだけ、月の光が注いでいるかのように、輝いていた。

「うっわあ、かっこいい人。背が高くて足も長くない？　……碧？」

七海に声をかけられても、なにも答えられず、一点を見つめ続ける。

声は聞こえているのに、反応ができない。

男性は精悍《せいかん》な身体つきで、磨き上げられた革靴を履《は》き、柔らかで身体のラインがわかる洗練されたネイビーのスリーピーススーツを着こなしている。ツーブロックで癖のある青みがかった黒い髪の毛を掻《か》き上げる姿に、色気が漂《ただよ》う。

「すっごいセレブな雰囲気の人だね。どう考えても、うちらとは関係のないところで生きてる人種だよ」

「……本当にね」

七年という年月が過ぎても、彼は変わらず素敵だ。胸の内に蘇《よみがえ》った感情に、碧は泣きたくなる。

男性――九条煌雅は碧よりも三つ年上だった。だからいまは二十八歳のはずだ。

もう一度、彼に会いたいと思っていた。

こんな風に願いが叶うとは思いもしなかったけれど。

碧が目を離さずにいると、煌雅がふと振り返る。そしてすぐに顔を戻し、車に乗り込んだ。

やはり彼には碧のことがわからなかったのだ。

それを責めようとは思わない。当たり前のことだから……

碧はそっとため息をつく。

「……七海さん、帰ろう」

「そうだね。思わず不躾《ぶしつけ》に眺めちゃったよ」

「ふふ、ああいう人たちはあまり気にしないよ」

「そうなの？」

「そういうもの」

幼い頃から、煌雅の周囲には常に他人の目があった。かつて碧がいた世界も、そうだったのだ。

あの社会では、ちょっとしたことがすぐ評判になる。

特に煌雅は大企業の御曹司《おんぞうし》で、大人からも同級生からも注目されていた。もっとも、だからといって、大人しくしているような人ではなかったが——

高校生の時など、髪を金色に染め、やりたい放題していたものだ。

そういえば、そんな彼の髪色はすっかり落ち着いた、綺麗な青みがかった黒に戻っていた。

こんなことにも時間の経過を感じる。

上《うわ》の空《そら》になりながらも七海と会話をしつつ駅まで歩く。そこで彼女と別れ、自宅のアパートに帰宅した。鞄を置いて上着を脱ぎ、洗面所の鏡の前に立つ。

七年という月日のストレスで、碧は高校三年生の時より十キロ太っていた。

ストレスによる暴飲暴食と、飲食店でバイトしていた大学生時代に、食費を浮かせようとしてまかないをいっぱい食べていたのが主な原因だ。

十キロも体重が増えれば、見た目の印象はまったく変わる。煌雅が碧に気がつかなかったのはそのせいだ。

だから、自分に気づかない彼を恨《うら》んだりはしない。

一目見られただけで、幸運だったと思う。

そもそも父が存命だったとしても、彼の隣を自分が歩く未来はなかったのだ。

彼が他の誰かと結婚するのを近くで見続けないで済むだけ、いまのほうがマシなのかもしれない。

もしそうなっていたら、きっと、耐えられなかった。

ぽろりと碧の目から滴《しずく》が零《こぼ》れ落ちる。

「――なんで、涙なんか」

自分に起こったことはきちんと受け入れられている。

なんだかんだ言って楽しく、幸せだとも思っている。不幸では決してない。

なのになぜ、涙が溢れるのか。

洗面台の縁《ふち》に手をかけて、碧は零《こぼ》れ落ちる涙を排水口に流し続ける。

やがて目が真っ赤に染まり、頭痛まで始まった頃、ようやく雫が止まった。

碧は鼻を啜《すす》って、顔を洗う。

泣いたってしかたがない。

居間に戻り、碧は棚の上に飾っていたガラス玉を手にとった。

それを電灯にかざして、色味の変化を見つめる。

七色の光と彼の笑顔。

もう一度、煌雅を見たいという願いは叶った。これで、本当に過去を吹っ切れるはずだ。

大切にしていたガラス玉を引き出しの中に放り込んで、勢いよく閉める。

これを貰ってから、壊さないように傷つけないように大切にしていた。

こんなに雑に扱かったのははじめてだ。

でも、大事にしていたってどうしようもない。いまの自分と彼が生きる世界は違うのだ。

二度と彼と人生が交わることはない。

碧はきつく唇を噛みしめたのだった。

第二章　白駒《はっく》の隙《げき》を過ぐるが如《ごと》し

翌日の土曜日。

碧は午前中に洗濯を済ませ、買い物に出かけた。

夕方まで待てばタイムセールをやっているが、その時間へ外に出るのは億劫《おっくう》だ。面倒くさいことは先に済ませてしまったほうがいい。

ずっしりとした買い物袋を両手に下げてアパートに続く道を歩く。すると、下町然としたこの界隈《かいわい》に似合わない高級車が停まっているのが見えた。あまりに場違いで、近くを歩く人たちが車を横目で見ながら話をしている。

こんな路地裏の細い道に駐車されると迷惑なのだが、なにを考えているのだろうか。

そう思いつつ碧が高級車の前を通りすぎると、車から男性が出てきた。

「おい」

自分に声をかけているのかはわからなかったけれど、碧はその声に反応して振り向く。

そこには、昨日とは打って変わって、ラフな服装をした煌雅が立っていた。

碧は奥歯を噛みしめて、叫び声を我慢する。気がつかなかったことにして、顔を前に戻して歩き出す。

「おい、碧。聞こえているんだろ」

「人違いです」

「そんなわけあるか、俺が碧のことを見間違えるわけがない」

「人違いですってば」

アパートの階段を駆け上がり、急いで部屋に入ろうとする。ところが、ドアの隙間に足を差し込まれて、扉を固定されてしまった。まるで漫画に出てくる不審者のような行動だ。

「花ケ崎碧、逃げるな」

「私は窪塚です。花ケ崎ではありません」

「知ってる。だから捜すのに手間がかかったんだ」

「捜す？　手間？」

「まあ、いい。とりあえず話がしたい」

「私には話なんてありませんから、お引き取りください」

「なんだよ。俺に会えて嬉しくないのか」

嬉しくないわけがない。

気づいてくれたことが、わかってくれたことが、こんなにも嬉しいのに。

「……卑怯なこと、言わないで」

絞り出すみたいに呟いた。

けれど、以前のように彼の訪問を手放しで喜べる状況にはないのだ。

「あそこに車を停められると近所迷惑なの」

俯《うつむ》いたまま、かろうじてそれだけを告げた。

「わかった」

煌雅がスマホを取り出し電話をかける。すると、すぐに車が発車する音が聞こえた。

そこで碧は、彼を部屋に招き入れる。なにしにここへ来たのかわからないが、その目的を果たさず彼が大人しく帰るわけがないと諦めたのだ。

彼からすれば、このアパートの一室は彼の実家のトイレくらいの狭さだろう。そのことを恥ずかしいとは思わないものの、悲しい気分にはなる。

「……どうぞ」

その言葉を聞いて部屋に足を踏み入れた煌雅は、玄関の扉が閉まるのと同時に碧の背中に腕を回し抱きしめた。

「なっ……なにするの」

突然のことに碧は驚きを隠せず、身を捩《よじ》る。

煌雅はなにも言わず、ただ抱きしめるだけだ。少しずつ碧は肩の力を抜く。

「久しぶりだな」

「そう、かな」

「七年だぞ!? 久しぶり以外になにがあるんだよ」

碧を抱きしめる煌雅の力が強くなる。少しだけ痛い。

けれど、彼の存在を感じられるのはこれが最後かもしれないと思うと、その痛みすら愛《いと》おしい。

できれば、ずっとこのままで……そう願うものの、いつまでもこの体勢でいるわけにはいかない。

「……とりあえず、座って。お茶を淹《い》れるから」

「ああ、ありがとう」

煌雅に身体を離されて、寂しさもあるが安堵もした。

居間に彼を通し、買ってきたものを冷蔵庫に片付けてからお茶を出す。

煌雅は、コップを握りしめながら碧のことを見つめていた。

「昨日、俺のことを見てただろ？」

「気づいてたの？」

正直驚いた。あの時、表情を変えることなくすぐに視線を逸らしたので、気がついていないと思っていたというのに。煌雅はそんな碧の反応が気に入らないのか、眉間に皺《しわ》を寄せる。

「当たり前なことを聞くな。俺が碧のことを見間違えるわけがないだろ」

「昔と全く見た目が違うのに？」

思わず卑屈な声が出た。

「そうか？　そういえば、ちょっと変わったか……けど、それはそれでいいと思うが」

こちらのわだかまりなど意に介さず、煌雅はさらりと答える。

碧は内心ため息をつき、さっさと彼に帰ってもらおうと会話を進めた。

「なにをしに来たの？」

ところが、煌雅が口を開こうとした瞬間、隣の夫婦の喧嘩《けんか》が始まる。ガシャンと大きな音が鳴り、怒声が響いた。

耳をすまさなくてもよく聞こえる隣の音は、この安アパートの壁の薄さを示している。

碧はいたたまれず、煌雅から視線を外した。

「ここは、静かに話もできないのかよ」

彼が苛立《いらだ》った声で呟く。

そんな場所に住んでいる自分へのいやみのように聞こえ、碧は煌雅を睨《にら》みつけた。

「そんな場所に来たのはあなたでしょう？　煌雅くんは口が悪すぎるって、前にも言ったと思うけど！」

碧自身腹を立てていたが、もう自分のことを忘れてほしいという理由もあり、あえてキツい言葉を吐いた。

彼女の言葉に、煌雅は面食らったような表情になる。そして、なぜか嬉しそうに笑った。

「そうだったな。口が悪いのは怖いから嫌だって……言われてたな。ごめん」

彼はそのまま立ち上がり、どこかに電話をかける。

しばらくすると話がついたらしく、電話を切って碧の腕を掴んだ。

「碧、行くぞ」

「なんで？」

ここで従ってはいけないと腕を振りほどくそぶりを見せると、煌雅の力が強くなった。

「いいから……、おいで」

彼が切なそうな瞳で見つめてくる。

碧は結局逆らうことができず、立ち上がった。スマホと財布を持ち、彼の後についていく。

アパートの前まで出ると、先ほど移動したはずの高級車がまた同じ場所に停まっていた。

「さあ、乗るんだ」

後部座席のドアを開けて、エスコートされる。

命令されたくないと言いたいのに言葉が出てこず、身体が自然に、彼に従おうとしてしまう。

煌雅は昔からそうだ。

少し傲慢《ごうまん》で、不遜《ふそん》。

それでも、碧の言うことはきちんと聞いてくれたし、彼女が本心から嫌がることはせず、要望を叶えようと努力してくれる。

彼が高校生の頃、友人の影響なのか反抗期だったからか、やや口が悪くなった。相手を傷つけるような言葉を口にすることはなかったが、乱暴な言い方が怖かった。

当時もそう言って碧が嫌がると、すぐに言葉遣いを変えてくれた。いや変えたというよりは、戻したと言ったほうが正しいかもしれない。

そんなことを思い出し、自分の気持ちに戸惑って黙ったまま車に乗らずにいると、煌雅は碧を抱き上げて後部座席に座ろうとした。

「煌雅くん！」

「いいから」

「乗るから、下ろして！」

「……もう少し、このままでいてくれ」

ぎゅうと強く抱きしめられ、碧はなにも言えなくなる。

後部座席に収まった彼の膝の上で、大人しく身体の力を抜いた。

どこに連れていかれるのか知らないが、彼が自分の嫌がることをするとは思えない。

ただ、説明は欲しかった。

「ねえ、煌雅くん」

「ん？」

「どうして――」

自分に会いに来た理由を聞こうとした時、スマホが震える。

「ごめん」

「いや、いいよ」

画面を確認すると、土曜も仕事に出かけている母からだ。

こんな昼過ぎの時間に電話をかけてくるなんて珍しい。

「母さんからだ。出るね」

煌雅が頷いたのを見て、碧は通話ボタンを押す。

「もしもし？」

『窪塚明子《あきこ》さんのお知り合いでしょうか？』

「娘、ですが。どなたですか？」

聞こえてきたのは、知らない男性の声だ。

電話越しに聞こえてくる背後の音がガヤガヤとうるさい。

『こちら、救急病院です――』

その内容に戸惑い、途中でなにを言っているのか理解できなくなった碧は呆然とする。

彼女の様子がおかしいことに気づいた煌雅が、電話を代わってくれた。

冷静に会話を続け、すぐに電話を切る。そして、閉ざされていた運転席と後部座席の仕切りを開けた。

「行き先変更だ」

そう言って運転手に細かい指示を出す。

「承知いたしました」

静かな運転手の返事に、碧の身体が震えた。

母になにかあったのだ。不安が渦巻《うずま》いて、息がうまくできない。

「碧、碧っ！」

両手を握りしめながら息を短く吐いていると、煌雅が無理矢理、碧の顔を自分に向けさせる。

「俺を見ろ」

「あ、あっ、こ、うがくん」

「落ち着け。大丈夫だから。ちゃんと俺が傍にいるから」

混乱している碧を、彼が強く抱きしめた。背中をゆっくりと擦《さす》ってもらって、碧はだんだん落ち着いてくる。それを見計らって、煌雅が口を開いた。

「碧のお母さんが倒れて病院に運ばれたそうだから、いまそっちに向かっている」

「……っ」

煌雅の服を握りしめ、唸《うな》り声を上げる。言葉が出てこない。

「大丈夫だ。きっと、大丈夫だから」

涙を零《こぼ》す碧の頭を、煌雅は大きな掌《てのひら》で撫でてくれる。

碧は彼の腕の中で、小さく震えていた。


車はすぐに病院に着いた。

碧は煌雅と一緒に急いで病室に向かう。

ベッドで眠る母を見て、碧まで倒れそうになった。それを煌雅が後ろから支えてくれる。

「しっかりするんだ。まず先生の話を聞こう」

その言葉の直後、タイミング良く担当の医者がやって来て、母の状態と病院にきた経緯について説明を始めた。

どうやら、長年の無理がたたり過労で倒れたらしい。

しばらく安静にすることを促《うなが》される。

「入院をして検査を受けることをおすすめします」

「検査ですか？」

「はい。疾患《しっかん》が隠れていないか、この機会に詳しく検査をしたほうがいいと思います」

「わ、かりました。よろしくお願いいたします」

碧は両手をぎゅうと握り、唇を噛みながら頭を下げた。

母のことは心配だが、入院・検査となるとその費用がかかる。また、長期になれば仕事にも差しさわり、その分のお給料がなくなるかもしれない。保険だって、出るのかどうか契約を確認しないといけないし、国の補助が出るのかもわからない。

心配しているだけではなにもならないということを、碧だってもう理解しているのだ。

母に視線を向ける。母は、静かに眠っていた。

顔が疲れているし、以前より小さく見える。母はこんなになるまで働き詰めだったのだろうか。自分がもっとしっかりして、もっと給料を稼《かせ》いでいれば母も倒れるところまではいかなかったはずなのに。

ただ、母には仕事を抑えてもらいたいと思っていたが、仕事をしなくても大丈夫というわけではなかった。

碧の給料だけで日々の生活費をどう捻出《ねんしゅつ》するか、考えなければ。食費を切り詰めればなんとかなると信じたい。

父が遺したお金の残りがいくらあるのかを、碧は知らなかった。そのため、この先の経済的な状況に見当がつかない。

それに、ここのところ母はずっと体調を崩していた。検査の結果が悪かったら……母を失ったらどうしようと、全身を恐怖が駆け巡る。

しっかりしないといけないというのに、考えなければいけないというのに。

父が亡くなった時のことが頭をよぎる。

ピ、ピ、と無機質な音が耳につく。あれが、長く鳴った瞬間を思い出してしまった。
一人、遺していかないで。

もし母まで父のもとへ行ったら、心が折れてしまう。きっとまともに立っていられなくなるだろう。

黙り込んだ碧の横で、煌雅が看護師に声をかけた。

「――すみませんが、個室に空《あ》きはありますか？　彼女を移したいのですが」

「確認して参ります」

「できれば、一番いい個室にしてください」

勝手に話を進める煌雅に驚いて、碧は彼の服の袖を引っ張る。

「煌雅くん、やめて！」

「いいから」

「よくない。個室代なんて払えないよ」

煌雅を睨《にら》み、さらに強く唇を噛んだ。

なんて惨《みじ》めなんだろう。大好きだった人を前に、お金のことを口にしなければならないとは。

そして、なんてひどい話なのだろう。大切な家族を助けるためなのに、お金が出せないなどと考えるとは。

昔だったら、なにも気にしないで母の待遇をよくしてもらった。それが当たり前だったのだ。

もしなにかの病気だったとしたら、どんな治療だって受けさせる。

これほど不安な気持ちにはならなかったし、そもそも母が倒れるなんて事態にならなかったに違いない。

けれど、それは昔の話。いまの碧には、そんな経済力はない。

「俺が払うから気にするな」

情けなくて震える碧に、煌雅が当然だとばかりに答えた。

その態度に怒りがこみ上げる。彼にとっては大したことのない金額が、いまの碧にとっては大きな負担なのだ。

「なっ、煌雅くんには関係ないでしょ！」

「関係ないとか、そんなこと……っ」

「だって、そうじゃない。これは私の家の問題なの」

もう、自分と煌雅の間には大きな壁があって、生きている世界が違うのだ。これ以上、惨《みじ》めにさせないでほしい。これ以上、支えようとしないでほしい。

甘えてしまうから。昔のように、純粋に彼を好きだった碧が顔を出してしまうから。

あんな思いをするのは、絶対にもう嫌だ。

煌雅がいない生活に慣れることが、どれほど大変だったのか彼は知らない。

心の中で彼の名前を呼ぶのが癖になってしまった碧の気持ちなど、彼にはわからない。

「俺がたす――」

煌雅はそこで苦しそうな顔になり、言葉を止めた。息を吐き出し、表情を失くす。一呼吸置いた後、改めて口を開いた。

「交換条件にしよう」

「交換、条件？」

「俺がおばさんの治療費を出す。その金額分、碧の時間を貰う」

「私の時間？」

「そうだ」

「意味がわからない。私の時間になんの価値があるっていうの？」

「別に俺に囲われろって言ってるわけじゃない。ただ……七年間の穴埋めをしてほしいんだ」

煌雅の言葉はわけがわからない。

そんな提案に乗る気にはなれず、碧は断ろうと口を開く。その時、ベッドから自分の名を呼ぶ声が聞こえた。

「母さん！」

いつの間にか、母が目を覚ましている。碧はすぐさま駆け寄って、細くなった手を握りしめた。

母が碧に弱々しく笑いかける。

「ごめんね。心配かけたね」

「ううん。大丈夫だよ。先生は過労だって言ってた。けど、念のために検査しようって」

「検査……」

母の顔が曇《くも》った。すると、煌雅が碧の隣にやって来る。

「おばさん、お久しぶりです」

「……えっと？」

突然現れた男性に母は驚き、怪訝《けげん》そうな表情をした。

「煌雅です。九条煌雅」

「煌雅くん？　なんで、煌雅くんが？」

「最近、碧と再会して……。今日はたまたま一緒に食事をしようって話をしていたんです」

「な、煌雅くん!?」

そんな嘘をつくなんて、彼はどういうつもりなのか。

「そうだったの……。この子ったらなにも言わないから、知らなかったわ。でも、嬉しいわね」

「母さん……」

「この子、煌雅くんが大好きだったじゃない。それを、大人の都合で断ち切っておいてこんなことになってしまったでしょう？　碧にはずっと申し訳ないと思ってたの。でも、そう……再会してたのねえ」

母はどこか遠くを見つめる。

「あの人が亡くなって、どうにか碧と二人で頑張ってきたけど、私がいつまで元気でいられるかわからないし、煌雅くんが碧を昔なじみとしてでも支えてくれるのなら、頼もしいわ」

「俺としては、碧が俺の傍にいてくれればと思ってるんですが。なかなか強情で」

「碧らしいわね。そこは、煌雅くんの頑張りどころなんじゃないかしら？」

「その通りです。おばさんが俺のことを応援してくれるのなら百人力ですね」

母が心底安堵したような顔をするので、碧はなにも言えなくなってしまった。

どういうつもりなのか知らないが、煌雅は母の手を握る碧の手の上に自分の手を重ねる。

「今日、アパートに迎えに行ったんです。あそこに碧一人では少し心配なので、しばらく俺のマンションに来てもらおうと考えてます」

「え、大丈夫だよ。何年もあのアパートで暮らしてるんだよ？」

碧は、煌雅のマンションに行くつもりなどない。そもそも、そんな提案をされても困る。碧には碧の生活があって、この先もう煌雅と交わらない世界で生きていくのだ。

だというのに、母は碧の言葉をよそに、頷いて煌雅のことを見つめる。

「そう……そのほうがいいかもしれないわね。女二人でも注意が必要だったんだもの、この子を一人にして入院するのは不安だわ」

検査入院することで、母も弱気になっているのかもしれない。普段の姿では考えられないほど、とても儚《はかな》く見える。その母に、よけいに心配をかけたくない。

碧は、笑って促《うなが》す。

「……母さん、もう少し寝よう。疲れてるんだから無理することないよ」

「ん、そうする」

母は目を閉じ、眠りに落ちた。

碧はそんな母を見て苦しくなる。

母にとって碧は心配の種なのだ。彼女が頑張りすぎたのは、碧が頼りなかったせいに違いない。

就職もして、自立した気になっていたが、母からすれば子どものままだったのだろう。

母を安心させてあげたい。娘の心配などせず、自分のことだけ考えてゆっくり休んでもらいたい。

そういう気持ちがこみ上げてくる。

母の傍を離れ、廊下へ出る。碧は壁に寄りかかって、息を吐き出した。

考えることも、やらなければならないこともたくさんある。

治療費をどうするのか、当面の生活費だってある。でも落ち着くまで会社は休むことになるかもしれない。有給がどれだけあったのかも確認しなければならないし、保険会社に電話もしないといけない。

ぐるぐると考え込むと共に、母になにかあったらどうしようという不安で苦しくなっていく。

すると、煌雅が碧の肩に腕を回し、抱き寄せた。

「大丈夫だ。おばさんは昔から元気だっただろう。ただ、疲れただけだよ」

「……うん」

「碧が一人で頑張りたいっていう気持ちも理解できる。けど、それで碧まで倒れたりしたら意味がないだろう？　おばさんのこと、一番に考えてあげよう。とりあえず、一度アパートに戻っておばさんの入院の準備だ」

「そう、だね」

「車回してくるから、ここで待ってな」

優しい煌雅の声が耳の奥へと浸透《しんとう》していく。

こんな時に、一人でなかったことに心から安堵する。一人だったら、立っていられなかったかもしれないし、そもそも病院にたどり着けていたかも定かではない。

碧は自分の両手を重ね合わせ、爪の痕が残るほど強く握りしめた。

深く息を吐き出し、どうにか冷静であれと必死に自分へ言い聞かせる。

もう、父が亡くなった時のような子どもではない。半人前ではあるが、自立して生きている大人だ。こんな時まで、母に心配をかけたくない。

「碧」

名前を呼ばれ、顔を上げる。煌雅が慈《いつく》しみに満ちた笑みを浮かべて、手を差し出す。

「おいで」

アパートで聞いたのと同じ言葉、それでも先ほどよりは素直に、差し出された手を握り返すことができた。

しっかりしないとという気持ちと、彼に頼ってしまいたいという気持ちが交差する。

煌雅の車に乗り込み、碧のアパートへと向かう。

アパートで、母の荷物を鞄に詰める。

碧が準備している間、煌雅はじっとなにかを見つめていた。

「煌雅くん?」

「まだ、持ってたんだな」

「え？　ああ、テディベア」

彼が、くたびれたテディベアを手にとる。このテディベアは煌雅との出会いの象徴の一つだ。いろいろあったが、捨てようとは思えなかった。何度も洗っているせいか、年季を感じるぬいぐるみとなっている。

それだけ、煌雅と出会ってから時間が経過しているのだ。

「とりあえず、向かうか。荷物貸して」

「え、大丈夫だよ。自分で持てる」

「碧」

「……よろしくお願いします」

煌雅に軽くため息をつかれた碧は、大人しく頭を下げた。

――淑女《しゅくじょ》たるもの、男性に恥をかかすべからず。

通っていた高校で、よく聞かされた言葉だ。

女性は男性の小さな厚意を断らないこと。そんな風に教育されたのを思い出す。

この七年間で、自分のことは自分でするという生活に慣れ、なかなか気持ちが切り替えられない。

それでも、身体はまだ覚えているようだった。移動の間、自然と煌雅のエスコートを受ける。

もう一度、煌雅の車に乗り込んで、同じ道を引き返す。

入院にあたり、改めて担当をしてくれた医者と話をすることになった。

簡単な検査で、二、三日入院すれば大丈夫だそうだ。ただ、検査を終えたらすぐに退院してほしいと言われた。病院も慈善事業ではないことは理解しているし、しかたがないことだとも思う。しかし、自分たちのアパートでは、母が寝ていてくれるか不安でもある。

身体を動かさないとという気持ちで働きに出たり、家のことをしたりしてしまわないか心配が尽きない。

「もう少し詳しい検査はできないんですか？」

「一応できますが、より詳しく迅速にということでしたら、大学病院のほうが対応の幅も広いです」

正直、この病院と大学病院の違いがいまいちよくわからない。ただ、治療が困難な病気が見つかった場合は、大学病院へ紹介されることぐらいは知っている。

父の時は、確か大学病院だった気がする。

毎年母は、会社の健康診断を受けているが一般的な項目だけらしい。碧もそうだ。

過労で倒れたとはいえ、他に病気がないとは限らない。一度詳しく人間ドックのようなものを受けたほうがいいのだろう。とはいえ母は嫌がるかもしれないし、料金だってどれぐらいかかるかわからない。

詳しい検査はしたいけれど、先立つものがない。

碧が唇を噛んで考えていると、煌雅が碧の手をそっと握りしめる。

「転院の手続きをお願いします」

「煌雅くん」

「少し二人きりにしてもらえますか？」

医師と看護師は部屋の外に出ていく。

「碧、一度おばさんには詳しい検査を受けてもらったほうがいい」

「でも……」

「碧も知ってる病院に転院しよう。あの病院だったら、九条の顔が利くから」

「だからって、検査にかかる費用を考えると、どうすればいいのか」

「九条の顔が利くって言っただろう。碧が苦しくない程度に分割してもらえばいい」

そんなことが可能なのだろうか。いや、煌雅がそう言うのだからきっと、そうできるようにするのだろう。

いまの碧にとって一番怖いのは、母になにかがあることだ。この提案を拒否した結果、母の身に大変なことが起こってしまったら、悔やむに悔やめない。どうしてあの時、と後悔し続けることになってしまう。

碧の感情やプライドはこの際どうでもいい。

「お願い、します」

「ん、わかった」

煌雅がほっとしたように笑った。

それからの彼の行動は速く、すぐに九条家が懇意《こんい》にしている病院へ母の転院が決まる。最新の設備で徹底的に検査をし、なにか異常が見つかった時はすぐ対処するよう頼んでくれた。

彼はどうして、ここまでしてくれるのだろうか。昔なじみだからなのか、それとも碧のことを哀れに思ってなのか。

かすかな期待が、一瞬頭をよぎる。けれどすぐに否定した。

自分はかつてのお嬢様ではない。体重も増え、髪も肌も荒れ放題だ。彼の周りには、他にいくらでも美しい女性がいるだろう。

疲れ切っていた碧は考えるのを後にする。

「手続きはこっちでやるから、安心してくれ」

「あり、がとう……」

「俺がしたくてやってることだ。碧の……ためじゃない」

ああ、相変わらず不器用な人だ。

こんな言い方しかできない、とても優しくて大好きだった人。

そのまま、病院を後にして車に乗り込む。今日は何度、この車に乗ることになるのだろうか。

行ったり来たりして、疲れてしまった。

一度アパートに戻ったら、軽く食べて着替えてから病院に戻り、母の付き添いをしよう。いまのところただの過労で、命に別状はないとわかってはいるが、可能であれば傍にいたい。

そんなことを考えながら車に揺られていると意識が揺らいでいき、ふっと途絶えた。

身体が浮き上がっている感覚がするが、目を開けることができない。ただ、頬と頭を撫でてくれる大きくて温かい手を感じて、無性に愛《いと》おしくなる。

目を覚ますと、見知らぬ天井が見えた。

「う……ん？」

起き上がり、ぼんやりと周りを見る。

隣には誰かが眠っている。

碧は混乱しすぎて、逆に冷静になる。毛布をどけて、眠っている人物を確認した。そこには煌雅の綺麗な寝顔がある。

「駄目だ。理解の範疇《はんちゅう》を越えた……」

「ん、起きたのか？」

「ひえっ」

「驚きすぎだろ」

「な、なにが起こっているのかわからなくて」

煌雅があくびを噛み殺しながら、上半身を起こす。

「昨日、車の中で碧が寝たから俺のマンションに連れてきた。それだけだよ」

「お、起こしてくれればいいのに」

「起こしたよ。けど、起きなかったからな」

碧はなにも言えず、少しだけ唸《うな》って毛布に顔を埋《うず》めた。

「え、というかなんでパジャマ……」

「さてと、コーヒーでも淹《い》れるか」

煌雅は視線を逸らして、部屋を出ていってしまう。碧は、彼に服の下を見られたと思うと絶望したくなった。あの頃から十キロも増えたのだから、肉づきだってよくなっている。そもそも、そんな自分を彼が抱き上げた可能性を考えると、羞恥《しゅうち》でどうにかなりそうだ。

穴があったら入りたいとは、こういう時に使うのだと知った。

部屋を出ると、リビングに続いていた。

「洗面所はそっちな」

「ありがとう」

彼が指を差した方へ向かい、洗面所で顔を洗う。

本当であれば、母に付き添っている予定だったのに。それだけ疲れていたのだろうか。昨日はいろいろなことが一度に押し寄せてきて疲弊《ひへい》してしまった。とにかく今日は母の傍にいよう。

洗面所には、碧が昨日着ていた服が畳んで置いてあった。その服に着替えて、コーヒーを貰ってから、煌雅に言われるがままエントランス前に停まっている車へ乗り込んだ。

どこに向かうかわからない車から、外を眺める。

母の病院に向かっているのだろうか。

昨日の母の姿を思い出し、碧は泣きたくなった。母になにもありませんように……と願う。

「——そういえば、母の転院っていつになるの？」

「今日だ」

「今日!?　いくらなんでも急すぎじゃない？　大丈夫なの？」

「問題ない。あの病院が悪いわけじゃないが、うちが懇意《こんい》にしてる病院のほうが設備が整っている
し、見舞いにも行きやすいだろう」

たしかに昨日の病院は、最寄り駅からバスに乗って二十分ほどの場所にある。碧の家からだと一
時間近くかかった。

それらを考えると、駅近にあるという転院先はとてもありがたい。

「いま向かってるのは転院先の病院だ」

しばらくして、その病院に着いた。

そこは有名な大学病院で、名医がたくさん在籍している。碧の家も昔はお世話になっていた病院
であり、信頼感があった。

碧は改めて煌雅に感謝する。お礼を言うと、彼は優しく微笑んだ。

「手続きは昨日のうちに済んでる。今日の昼過ぎには転院してくるよ。入院の準備は先に済ませて
おいたほうがいいし、先生と顔合わせできれば安心するだろう」

「本当に、なにからなにまでありがとう」

「だから、俺がやりたくてやってるんだ。碧が気にすることじゃない」

彼の言いようが懐かしくて、碧は口端が上がる。とても久々なやりとりだ。

煌雅についていき、案内された個室に足を踏み入れる。周りをゆっくり見回して、急激に青ざ
めた。

通された病室は、広く優雅だ。正直、こんなにいい部屋でなくていい。

「あの、もう少し普通の病室はないかな？」

「普通って？」

「なんというのか、もっと質素というか。ここまで広くて派手だとちょっと落ち着かないし……大部屋で全然いいの」

「わかった。空《あ》いてないか確認する」

「わがまま言ってごめん」

母を見舞いにくる人は少ないだろうし、広すぎていたたまれなかった。

できれば大部屋、そうでなくとももう少し狭ければ、その分、安いに違いない。

どのくらいの期間入院するかわからないので、不必要な出費は抑えたい。

煌雅が看護師に確認を取ってくれた。大部屋に空《あ》きがないため、手狭な個室が用意される。

彼の紹介だったからだろう、そこに院長が挨拶《あいさつ》に来た。彼とは面識があり、久しぶりの再会を喜んでくれる。

「――こんなかたちで再会するなんて思いもしませんでした」

「父の時はお世話になりました」

「お母様のことは我々に任せてください。どんな小さな異変も見逃さないようにいたします」

「ありがとうございます。母をよろしくお願いいたします」

碧は深々と頭を下げた。

この人であれば信頼できる。父のために、全力を尽くしてくれた人だ。

「俺からもよろしくお願いします」

「はい、もちろんです。煌雅くんも大きくなりましたね。お父様の跡を継ぐために頑張ってらっしゃると噂《うわさ》ですよ」

「院長にまでそんな話がいってるんですか？　俺はまだまだ若輩者《じゃくはいもの》です。みなさまがたの助言があってこそですから」

煌雅の顔が、碧の知らないものへと変わっていく。

彼はこうして上流階級の世界で生きているのだろう。碧にも覚えがある。

自分たちの言動は両親の評判に直結し、なにか不手際があれば、すぐにそれが人々の話の種となる。

当時を思い出して、身体が震えた。

院長と少しだけ話をしてから個室へ戻り、碧は母の荷物を片付けた。昼過ぎに母がやって来て、母を交えて担当の医師と話をする。

煌雅は用事があるからと病院を出ていったので、碧だけが母の傍にいた。

母は昨日ゆっくりと眠ったからか比較的元気で、碧が「付き添う」と言っても断られてしまう。

面会時間ギリギリまで傍にいて、病院を出ると、煌雅の車が停車していた。

「煌雅くん？」

「迎えにきたから、乗って」

大丈夫だと言いたかったが、これだけよくしてもらっているのに断るというのもどうかと思い、大人しく車に乗り込んだ。

「どこに行くの？」

「俺のマンション」

「なんで？」

「……着いたら話す」

煌雅は碧の質問には答えなかった。

彼にはそういうところがある。言いにくいことを口にする時は、場所を整え相手が逃げられないようにするのだ。そして、少し唇を尖らせて話す。

変わらない彼を、碧は嬉しいと感じてしまう。

病院から車で十五分ほどで、朝出発した高級マンションへたどり着く。

朝も思ったが、やはりとても広いエントランスだ。彼の実家を思い浮かべながら、いまの彼はこういうところに住んでいるのか、と実感した。

「パーティーができそうなぐらい広いエントランス」

「そこにコンシェルジュが詰めているから、言えばドリンクを提供してくれる。奥には個室もあって、ちょっとした会議が可能だ。二十四時間、有人でセキュリティ管理がされてる。何か困ったことがあったらコンシェルジュに聞けばいい」

そう言って煌雅がコンシェルジュルームに向かい、碧を呼んだ。

「碧、ちょっと」

「なあに？」

素直に従うと、コンシェルジュが頭を下げた。

「申し訳ございませんが、顔認証の登録をお願いいたします」

「顔認証？」

「はい、当マンションでは顔認証システムを導入しております。エレベーターホールに入るためには、カードキーの他に顔認証が必要となります」

碧はなんだかよくわからないまま、登録手続きを済ませる。

無事登録が終わり、カードキーが手渡された。

マンションに入るのに顔認証がいるとは、ずいぶんセキュリティが厳しい。自分が知らない間に、いろいろなことが進化しているものだ。

「行こうか」

煌雅に促《うなが》され、エレベーターホールに向かう。

彼はエレベーターに乗り込むと、カードキーをかざして階数ボタンを押した。

「このマンションのエレベーターは、エントランスと自分の部屋がある階でしか降りられないようになっている。例外は、地下のジムとレストランフロアくらいだな。うちは三十四階」

「ここは何階建てのマンションなの？」

「たしか四十二だったかな……三十四階はうちともう一つの部屋しかない。住んでいるのは年配の夫婦だ。職場に近いからここに住んでいるが、もう少し静かな場所がいいなら別のマンションを探そう」

なぜ家を探すという話が出たのか理解できず、尋ねようとしたがエレベーターが目的階へ到着してタイミングを逃してしまう。

エレベーターのドアが開き、二人はフロアに下りた。

再び煌雅がカードキーをかざし、部屋の中へ入る。碧もそれに続いた。

朝は慌てていたり、彼と一緒のベッドで眠っていたことに驚いたりでよく見ていなかったが、玄関だけで碧のアパートの居間と同程度の広さだ。

清潔感のあるその部屋はとても静かで、空調の音だけが聞こえる。

碧が以前住んでいた家も同じように非常に静かで、閑静《かんせい》な住宅街といった感じだった。聞こえてくる音は小さな子どもの声ばかりだったし、いまのアパートのように怖い音は基本的にしなかった。

この七年間で、記憶の片隅に追いやったものがたくさんある。特に、父が生きていた頃のことは、意識的に封印するようにしていた。

「とりあえず、荷物はリビングに置いて」

碧は言われた通り、リビングに向かう。

廊下をまっすぐ進むと、十八畳はある広いリビングに出た。天井が高く、窓も大きい。窓の外はバルコニーになっていて、白い椅子と机が置いてある。

「部屋の中を説明するからおいで」

「え？　別にいいよ」

「知っておいたほうがいいだろ」

「どうして？」

「……今日から碧もここに住むからだよ」

「え？　あっ⁉　だから、顔認証登録をさせてカードキーを渡したのね！」

「あそこで気づかなかったことに驚いたけどな」

　疲れてぼんやりしていたとはいえ、碧は自分の間抜けさに呆然とする。

　いくらセキュリティシステムが進化しても、客なら煌雅と一緒にいればいいだけで、カードキーも顔認証の登録もいらない。

　言われるままに登録してしまったが、あの場で疑問を持つべきだった。

「私は住まないよ。アパートに帰る」

　いまさらながらもはっきりと拒絶するが、煌雅は引かない。

「あのアパートは駄目だ」

「なんで……」

「周辺の治安が悪すぎる。調べさせたら、女性への暴力事件が多発しているらしい。いままで無事だったかもしれないが、この先も無事とは限らない」

「だからって、勝手すぎるよ！」

「わかってる。俺の勝手だ。だが、これは決定事項だ」

「あのアパートで、私と母さんは二人でやってきたの。いまの自分たちの身の丈に合っているし、変えるつもりはないわ」

碧が強く訴えても、彼は首を縦には振らなかった。

「……思い出のある場所なのかもしれないが、碧を危険な目に遭わせたくない」

「危険って……。そりゃあ、隣の夫婦はいつも喧嘩《けんか》してるし、誰かに窓ガラスを割られたこともあったけど。それでも、だ。私自身が襲われたことなんかなかったよ」

「ないかもしれないだろ。今後は違うかもしれないだろ」

「どういうこと？」

「……俺が、行ったからだ」

なぜ彼が現れたことで危なくなるのだろうか。理由がよくわからない。

碧が怪訝《けげん》な顔をすると、煌雅が続けた。

「あんな場所に、高級車の迎えがきて、高級時計を身につけた男と付き合いのある女……いかにも狙われそうだ」

淡々と告げる彼に、碧は唇を噛む。たしかに、煌雅の言う通りだった。

あのあたりの治安を考えると、金づるになりえる男と付き合いのある女というだけで空《あ》き巣《す》などに狙われやすくなる。

いままで碧たちが狙われなかったのは質素な生活をしていたからだ。

「……それも計算のうちなの？」

「違う。俺の気が……。いや、そんなことはどうでもいい。わかっただろう？　高級車に乗り込むところを近所の人間は見ていた。金のなる木だと思われた可能性は高い。もちろん、なにもないかもしれない。だが、そんな危険な状況に碧を置いておいては、おばさんも心配なはずだ。心労は身体に悪いし、おばさんも碧が俺と一緒にいれば安心だって言っていただろう」

病室で見た母の顔を思い出す。明らかに彼女は、煌雅がいることで安心していた。

「私が断れなくなるのをわかっていて、そんなこと言うのね」

「碧に思い直してもらえるならなんでもするさ」

煌雅が自嘲《じちょう》めいた笑いを零《こぼ》す。なぜか彼は、碧の言葉に傷ついたようだった。

(私が、悪いのかな。頑《かたく》なすぎるのかな？)

それでも、こうしないと心がたもてない。それに、以前のように純粋に笑うことはできなかった。

そうするには、あまりにも互いの立場が違っている。

「とにかく、今後はこの家に住むこと。それとおばさんの入院費についてだ」

「入院費？」

「ああ、院長には相談してある。分割での支払いも問題ないそうだ。ただ、支払いが滞《とどこ》ればすぐに転院してもらうことになる」

「転院……」

病院の支払いを滞《とどこお》らせるつもりはないが、なにが起こるかはわからない。突発的な理由で支払えなくなるということだってあるかもしれない。碧の貯蓄だけでは心許《こころもと》なかった。保険や行政への申請などで、ある程度は賄《まかな》えそうだが、見通しは悪いだろう。

「そこで提案だ。俺が一括で入院費の支払いをする。その代わり、そうだな……俺の家のことをしてくれればいい」

「……どういう意味？」

「碧の時間を貰うって言っただろう。このマンションへはほとんど寝に帰ってきているだけで、掃除も定期的にハウスキーパーを頼んでいるし、実家の家政婦が来てくれることもある。ただ、家政婦は俺の専属ではないし、ハウスキーパーは時々外れがある」

「外れって、煌雅くんならレベルの高いところにお願いできるんじゃないの？」

「技能的な外れって意味じゃない。信用的な意味でだ」

「信用……それこそ、いいところだったら徹底されてるのでは？」

「基本はな。ただ、やって来る女性に色目を使われたりとかも時々あったからな。極力、若い女性はやめてほしいと頼んでいるんだが」

煌雅が疲れた顔をして、ため息をついた。

たしかに煌雅のような客であれば、そういう気持ちになっても変ではないだろう。ただ、そこはプロとしてどうなのかという話になるが。

なんだか、冷静になった。考えれば考えるほど、碧にとって都合のいいことばかりだ。

母の治療費については、彼のために働くことによって返せる。母も安心する。碧にとっての最優先は母だ。

自分のプライドや、彼への想いの封が開きかけていることをどうにかすれば、こんないい提案はない。断る理由もない。

それに彼が、信頼できる数少ない人であるのは、変わらないのだ。

「あり、がとう」

なんと言葉にするのが正解なのかはわからなかった。それでも、彼が自分のことを助けようとしてくれているのは理解できたため、感謝を口にする。

煌雅は、安堵の息を吐いて立ち上がる。そうして碧の腰を抱き、強引に隣の部屋へと促《うなが》した。

「なら、家の中の説明をする。朝教えた通り、洗面所はそっちだ」

リビングの続き部屋はキッチンで、さらにその奥は納戸《なんど》になっていた。その納戸《なんど》からも玄関に出られるようだ。

続いてリビングの右隣の部屋にも案内される。一つはベッドルーム、もう一つは書斎だ。

碧が口を開く。

「私はどこで寝るの？」

「ベッドルームだが？」

「煌雅くんは？」

「ベッドルームだ」

「それって、一緒に寝るってこと？」

「もう一部屋は書斎だからな。さすがに今日の今日では片付けられない。しばらくは同じベッドだ。

昔はよく一緒に寝てたし、昨日だって一緒に寝ていただろ」

昔というのはごく小さかった時のことだ。大人になったいま、さすがにそれはどうかと思う。それに、昨日一緒にとは言うが、気がついたら一緒に眠っていただけだ。

煌雅はいったいどういう神経をしているのか。

恋人でも兄弟でもない男女が同じ屋根の下に住み、ベッドを共にするなんて。助けようとしてくれているのはわかるけれど、そうなると話が変わってしまう。碧は震える唇で、小さな声で問う。

「……私は囲われるの？」

「そういうつもりはないと言っただろ。嫌がることもしない、絶対に」

現在も煌雅の腕は碧の腰に回っているが、性的な意味ではないことはわかる。そもそも自分にそんな魅力があるとは思えなかった。

以前の碧であれば違うかもしれない。でも、いまの碧のことを抱こうとは思わないだろう。それに煌雅なら、いくらでも女性のほうから寄ってくるはずだ。

そして、こうして彼がそばにいると、一人ぼっちになるかもしれない不安が薄れる……

結局、煌雅は優しいのだ。昔からそうだった。彼にしてみれば、これは幼馴染《おさななじみ》に対する些細《ささい》な厚意に過ぎないのかもしれない。

碧は、万が一の時はリビングのソファーに寝ようと考え直す。あのソファーなら、碧が寝る分には問題ない。

「こんなことになるとは思ってなかったから、私、自分のものは持ってきてないよ」

「大丈夫だ」

煌雅の返事を改めて問いただす気力は、碧にはもうなかった。

それから二人でリビングに戻ると、彼が紅茶を淹《い》れてくれた。碧が好きだったブランドの葉だ。

碧は紅茶を手に、ソファーに座る。するとなぜか、すぐ隣に煌雅が座り、緊張で硬直した。

それに気づいているのかいないのか、煌雅が話し出す。

「今後のことだが、碧は基本的に好きなように過ごしてもらってかまわない。買い物は近くに複合施設があるし、食事は外食でもレストランの出前でも、好きにしてくれ。だが、どこかに出かける時は連絡してほしい」

「監視するってこと？」

「違う。安全のためだ。わかるだろう？」

わからないとは答えられない。煌雅の心配はよく理解できる。

かつての碧も、どこに行くのでも車で送迎してもらい、一人で出歩く時は必ず家に連絡を入れていた。昔、金銭目的で誘拐された同級生もいる。煌雅が生きているのは、そんな世界だ。

彼の知り合いなら、碧も同じ世界の住人だと勘違いされる可能性は確かにある。

とはいえ、婚約者でもない恋人でもない碧をどうにかしようと考える人間はそれほど多くない気もするのだが……

「善処します」

「十分だ。俺は普段、昼間は出勤していてここにいない。夜も接待で一緒に夕食をとれない日が多い。けど、連絡は入れるよ」

「うん」

「それと……申し訳ないが、仕事は辞めてくれないか」

煌雅の話をぼんやりと聞いていた碧は、そこで我に返る。

「なっ、なんで？　仕事は辞めないよ」

きっぱり断ると、彼が難しい顔になった。

「毎日、警備をつけて車で送迎させるが、それでもいいのか？」

「警備なんていらないよ。私はもう花ケ崎の人間ではないの！　攫《さら》ったって意味がない存在だから、大丈夫だよ」

「そんなのわからないだろ」

子どもに言い聞かせるような彼の口調に、腹が立つ。

こういう時の煌雅は、傲慢《ごうまん》なくせに優しい態度で碧を丸め込もうとするのだ。

「それに、しばらくはおばさんの傍にいてあげたほうがいい。ここからなら病院にも近いし、碧も毎日通いたいだろ？　細々《こまごま》した手続きもあるし、検査の付き添いもできる。万が一、なにかあったとしても、傍にいればすぐに対応可能だ。おばさんだって碧が傍にいたほうが安心できて、きっと早くよくなる。あの病院は夜間の面会はできないから、どちらにせよ仕事には行けないだろう」

そう言われると、なにも言えなくなった。

「わかってるけど、嫌だよ」

碧だって許されるのなら、母の傍にいてあげたい。体調がよくなるまで支えてあげたい。

けれど、いまの自分の経済力ではそんなことは不可能だ。むしろ治療費を払うために仕事を増やそうと思っていた。煌雅に治療費を出させっぱなしにする気は、最初からない。

黙り込んだ碧に焦《じ》れたように、煌雅が言葉を続ける。

「金なら俺が出すと言っている。碧はここに住むんだから、生活費もいらない。碧はおばさんが入院している間はここにいて、看病することだけを考えていればいいんだ」

正直、入院費の心配をしなくて済むのは助かる。万が一の時にも治療費のせいで嘆くことなく、母を最優先にできる。

碧にとって、これ以上の好条件はない。けれど――

「なら、夜の仕事に切り替える」

「夜の仕事!? なに考えてるんだ！」

「だって、昼間の仕事を辞めろって言うならそうなるじゃない。清掃の仕事だってあるだろうし、少しでも生活費を貯めたいもの。夜間のコンビニだってある」

「そっちのほうか」

「そっちって、他になにかあった？」

彼がいったいなにに驚いて頭を抱えたのか、理解ができなかった。煌雅は顔を上げる。

「昼におばさんの付き添いをして、夜に仕事をして、いつ寝るつもりなんだ。碧が倒れたら意味がない。おばさんが自分のために碧が倒れたなんて聞いて喜ぶと思うのか？」

「思わないけど」

「碧だって社会人として外で働いていたんだから、わかるだろう？　使えるものは使え、利用できるものは利用しろ。そのプライドは本当に必要なものか？　碧にとって、なにが一番最優先なんだ」

　プライドと言われて考える。こんなにも嫌だと思うのはプライドなのだろうか。

　働いていたいと思うのは、変なことなのだろうか。

　けれど、彼の家のことをして仕事に行って、母に付き添う。それがどれほど難しいことなのかは、わかっている。

　煌雅にお金を返す手段は、後でいくらでも考えられる。意地を張ったせいで、いざという時に後悔したくない。これ以上、身内を失う悲しみには耐えられそうになかった。

「……わかった。仕事は辞める」

「ありがとう。おばさんがよくなった後で仕事に復帰したくなったら、俺が職場を紹介するよ」

「大丈夫。その時はちゃんと自分で探す」

　そう告げると、煌雅は碧の手にそっと自分の手を添える。

「碧、いままで誰にも頼れなかったのはわかっている。おばさんと二人きりで支え合ってきたことも。けど、今日からは俺を頼ってほしい」

　それでも彼の言葉に頷くことは、碧にはできなかった。

　素直になれたらどれだけいいだろう。

なにも考えず彼の厚意に甘え、守ってもらえたら……

けれど、それはしてはいけないことだ。

これまで、自分のことは自分でやってきた。そしてやっと自立できたのだ。

それに、純粋な厚意で行動する人ばかりではないことも知ってしまった。

煌雅がそんな人ではないと、碧は信じている。

でも、叔父たちのことだってあの日まで信じていたのだ。それなのに、裏切られた。煌雅にまで裏切られたらと思うと、怖くてたまらない。

だから、いまさら頼ってほしいと言われてもできなかった。

自分の人生を他人に委《ゆだ》ねることはしたくない。

「気持ちだけ、受け取っておく」

碧は震える声で呟いた。煌雅はなにも言わず、瞼《まぶた》を閉じる。

「――わかった。碧にもいろいろ考えがあるだろう。だけど、これだけは覚えておいてほしい。俺は碧を裏切らないから」

碧はなにも答えなかった。

少しの間、無言の時間が流れ、不意にインターホンが鳴る。

どうやら、誰かがやってきたようだ。煌雅が玄関に出て、しばらくして戻ってくる。

「碧、おいで」

「なあに」

「紹介する。俺の秘書をしてくれている、曾根崎《そねざき》さん」

彼の後ろから、なにかの袋を手にした五十代くらいの女性が顔を出し挨拶《あいさつ》をした。

「曾根崎と申します」

碧は急いで立ち上がり、頭を下げる。

「はじめまして、窪塚碧です」

曾根崎が穏やかに微笑む。そんな彼女の顔を見て、煌雅はわざとらしいため息をついた。

「俺がうちの会社に入った時からずっと世話になってるんだ。おっかなさは、母さん以上だな」

「まさかこんな問題児の子守が業務になるなんて、私も思いもしませんでした」

「曾根崎さん、それはちょっと言いすぎだと思うんだが……」

「ふふ、おっかないなんておっしゃるからですよ」

その会話を聞くだけで、二人が信頼関係で結ばれているのがよくわかる。

「九条に頼まれて、碧さんの身の回りの品を持ってまいりました。化粧品など、勝手に用意してしまいましたが、ご愛用のブランドと違いましたらお申しつけください。改めて用意いたします」

曽根崎はそう言って、持っていた袋を碧に手渡した。

「いえいえ、そこまでしていただくわけにはいきません。決まったブランドなどないですし」

「承知いたしました。それでは、これで失礼いたします。坊ちゃん、無理強《むりじ》いは駄目ですよ」

「あー、もう。坊ちゃんと呼ばないでくれ、それに無理強《むりじ》いはしてない！　絶対に！」

彼女が部屋を出ると、煌雅が勢いよく扉を閉める。碧はリビングに戻り、手渡された紙袋の中身を確認した。

中には、スキンケア用品と化粧品、シャンプーやトリートメントなどと一緒に、パジャマと下着も入っていた。

パジャマに触ってみると、さわり心地がとても気持ちいい。

「クローゼットを半分あけてもらってあるから、好きなところに置いてくれ」

「……わかった」

強引な煌雅の優しさが身に沁《し》みる。けれど碧は、小さな声で答えたのだった。

予防線を張らなければ、この先、彼のもとを離れた時に歩くことさえできなくなる。


その後、曾根崎が碧の日用品と一緒に持ってきてくれたお弁当を二人で食べて、碧はお風呂に入った。

両脚をまっすぐ伸ばしてもまだ余裕がある大きな浴槽で、身体をあっためる。

アパートでは、夜遅くにシャワーを浴びると五月蠅《うるさ》いと言われてしまうし、換気のために窓を少し開けておくと覗かれることがあった。それらを考えると、久しぶりにこんなリラックスをした気持ちでお風呂に入れている。

ただ、思った以上に疲れていることも実感した。

意図せず長風呂になってしまったのを切り上げ、スキンケアをする。

気がつけばもう夜の十時を過ぎていた。

なんて怒濤《どとう》の二日だ。煌雅と再会して、母が入院して、いまは煌雅のマンションにいる。

これから先の自分の時間は彼のもの。そんな状態がいつまで続くのか。もっと不安になりそうなものなのに、思ったよりも心が安定していた。

それはきっと、煌雅のおかげだ。

けれど、こんなことではいけない。母が回復したら、仕事を再開して治療費を少しずつでも返さなければ。いまの関係はまっとうではないのだ。

それなのに煌雅は、どこまでもまっすぐにこちらを見る。まっすぐ見つめ返せないのは碧のほうだ。

彼のことが好きだった。とても、とても大好きだった。

けれど、立場を考えて諦めた。

そして、絶望してなにもかもが嫌になったあの頃、彼は助けてくれなかったのだ。彼は碧の傍にいなかった。

ちょうど疎遠《そえん》になっていたし、碧だって彼に助けを求めなかった。

だから煌雅を責める筋合いはない。

全部、わかっているのだ。

けれどこの感情が何なのか、うまく言葉にできず、もどかしかった。

煌雅が変わらずいてくれたことが嬉しいし、自分のことを覚えていてくれたことだって嬉しい。

幼い時のように優しくされ、頼ってほしいと言われたことにも、心が傾いた。

その一方で、いまさらという気持ちが湧いてくる。

煌雅の隣に並んでいてもおかしくなかったあの頃ではなく、いまになって傍にいても[illegible]っても不釣り合いであることを思い知るだけだ。

「……はあ、寝よう」

碧は深く息を吐き出して、洗面所を出た。

こんなことを考えている場合ではない。まずは母の体調が第一だ。

静かに寝室に入ると、すでにベッドの上で煌雅が横になっていた。

「お風呂、気持ちよかった？」

「うん、ゆっくり入れた」

「そう、よかった。今日は疲れただろう？　もう寝よう」

「あー、うん……。えっと、煌雅くん、お風呂は？」

「入ってくるよ。その前に、ちゃんと碧がここで寝るのを確かめてから」

有無を言わさない煌雅の態度に、碧は黙ってベッドに上り、彼の隣に寝転がる。

今朝は慌てていたし、驚いていてそれどころではなかったが、久しぶりの柔らかいベッドに感動した。

シーツが滑らかで気持ちがいい。それに、クイーンサイズのベッドは広々として寛《くつろ》げそうだ。

もっとも、やはり隣に彼がいると、身体が緊張する。

「大丈夫、安心して眠りな」

硬直する碧の頭を、煌雅がそっと撫でた。

「……うん」

彼の優しい声を聞いているうちに、だんだんと眠気がやってくる。

疲れていた碧の意識は、そこで途絶えた。


どのぐらい時間が経過したのか。ふいに、碧は目を覚ました。

周囲はとても静かだ。聞こえてくるのは空調の音と、煌雅の寝息だけ。

いま何時だろうかと、手を伸ばして枕元に置いていたスマホを手に取る。ディスプレイは朝の九時を表示していた。いつものアパートであれば外から子どもの声や隣の生活音が聞こえてくる時間だが、さすが高級マンションだ。

それはともかく、先ほどから動きにくい。いったいどうして？

掛け布団をめくると、煌雅の腕がお腹に巻きついていた。

動きにくい理由はこれかと、息を吐く。

お腹には肉がついているので、あまり触れられたくないのに。

煌雅はなぜこんな状態で眠っているのだろうか。

けれど彼は、とても幸せそうな表情で気持ちよさそうに寝入っている。

碧は、彼をじっと眺めた。眠っている彼になら素直になれる。

「煌雅くん、ごめんね。ありがとう」

ひどい態度をとってごめん、助けてくれてありがとう。

彼に再会するまで、自分がこんなに捻《ひね》くれた人間に変わっているなんて気がつかなかった。昔はもっと素直で、純粋で、他人の言葉を疑うことなどなかったはずなのに。

碧はため息をつき、ベッドを抜け出す。

曾根崎が用意してくれたパジャマは気持ちがよく、その格好のままキッチンに行った。なにか、朝食になるものがないか物色する。

この先ここに住むのなら、遠慮をするべきではないと判断したのだ。

いつもの碧であれば他人の家のものを勝手に見るなんてことはしない。彼が起きるまで大人しく待っていただろう。

けれど、それではいつまで経っても煌雅の厚意に甘えっぱなしになりそうだ。短い間でもここに住むのであれば、せめて食事くらい提供したい。

幸い、調理器具や調味料は揃っており、冷蔵庫の中にもそれなりに食料品が入っていた。少しではあるものの小分けにされた常備菜まである。

「煌雅くん、料理するのかな」

「しないよ」

「きゃあっ」

独り言に答えが返ってきたことに驚き、碧は声を上げた。

冷蔵庫を閉じて振り返ると、煌雅が壁に寄りかかってこちらを見ている。

「お、おはよう。ごめん、勝手に物色してた」

「おはよう。好きにしてくれていいよ。よく眠れたか？」

碧は彼の言葉に頷いた。

「気持ちよかった」

「そうか、それならよかったよ」

実際、硬い布団で身体を痛めずに起きるのは数年ぶりだ。かつてはこれほど目覚めのいい朝があったことを、碧は思い出していた。

「ところで、料理しないなら、どうしてこんなに調理器具や調味料が揃ってるの？」

「あー、ほら言っただろう？　実家の家政婦さんが時々来るんだよ。俺がいる時はその場で料理して、そうでなかったら作り置きを冷蔵庫に入れておいてくれるんだ。たぶん、碧も知ってる人」

「もしかして、いつも飴をくれた人？」

「そ、あの人」

「すごい。まだ現役なんだね」

「身体も辛くなって、もうそろそろ引退を考えてるらしいんだけど、あの人と同じくらい気がきく人がいないって、母さんが悩んでる」

「そっかあ……それでもお元気なんだね」

自分の知っている誰かが健在だと教えてもらえるのは嬉しい。

「とりあえず、朝食にしよう。一応パンもあるし適当に食べられるものもあるにはあるが、作り置きのおかずは残り少ないんだよなあ。レストランに行くか？」

「材料もあるし、家ご飯でいいよ」

「……作れるのか？」

煌雅が驚いた顔になった。

「当たり前でしょ。自分のことは自分でできるようにって……七年も自炊《じすい》すればそれなりに上達するのよ」

「碧は、変わったな」

「……中身が？　見た目が？」

反社的に、少し嫌みな言い方になる。後悔したが、煌雅は別段気にした様子はなかった。

「中身とか見た目というより、話し方？　いや、そうすると中身か。元々、頑固だったし意思がハッキリしてたけど、強くなったって感じがする。前はもっと、お嬢様って感じだった」

「お嬢様のままでいたら、友達も作れなかったよ」

大学時代の経験から、少しずつではあるが自分自身の価値を知ることができた。周囲に守られるだけだったことを自覚したのだ。

擦《す》れて捻《ひね》くれた部分はあるけれど、碧はいまの自分が嫌いではない。

もちろん、昔を懐かしむことはあるが、前のような生活に戻れと言われてもきっとできないだろう。いろいろな制限のない、縛られない自由を知っている。その自由というものには責任が生じ、それ以降起こることは自分自身でどうにかしなくてはならないということも知った。

外に出て、知らない人と触れ合うことや、違う価値観があること、お金の価値がどれほどのものか。

それらを知り得たことは、碧にとっては財産になり得る経験だった。

自分の意思で生きられることは素晴らしいことだと思うのだ。

おかげで、一人ではなにもできなかった碧がいまや、食事を作り、洗濯をし、電車にも乗れる。

そのすべてが成長の証《あかし》だ。

碧はレタスをちぎり、トマトを切ってサラダを作っていく。

「……私は、いまの自分をダメだとは思ってない」

「そうか」

「昔のままでいられたらどんな人生だったかなって想像することはある。けど、変わったことで手に入ったものもあるから」

「例えば？」

「友達……かなあ。大学の時、周りの人との価値観の違いとかを教えてくれた、なにもできなかった私を助けてくれた友達。いまも時々、一緒にご飯に行ったりしてる」

「高校までの友達はどうしたんだ？」

「……連絡がつかなくなった」

両親に自分との関係を切れと言われたのかもしれないし、昔のようには付き合えない碧に遠慮しているうちに連絡しづらくなったのかもしれない。

碧も自分のことで手一杯で、誰とも連絡をとれなかった。急激に変わった環境に適応できず、自分を恥じたり、昔の知り合いを羨《うらや》んだりしていたのだ。

最終的に、誰にも連絡先を教えなかったのだから、縁を切ったのは碧自身だとも言える。

「ううん。誰も信用できなくなって自分から離れちゃった。ひどいのは私のほうだね」

「しかたない。あのときの碧は、自分を守ることで手一杯だったんだ」

「そうかな？　でも、ありがとう」

そう答えつつ、フライパンを取り出して、目玉焼きとウィンナーを焼く。

よく家で作る朝食だ。パンを焼いて、濃厚なバターを塗る。

そうして出来上がった食事をとって食器を片付けてから、碧は着替えを済ませて母の病院へ出かける。煌雅は玄関まで見送りにきた。

「母さんのところに行ってくるね」

「わかった。下にタクシーを用意させておく。あと、これ渡しておくな」

「クレジットカード？　いらないよ」

「いいから、なにかあった時にあれば安心だ。使いたくないなら使わなくていい。だが、これからこの家で使うものは、これで支払ってくれ」

「……うん」

「あと、夕食は碧の手料理を食べたい。これで好きなように材料を買って、おいしいものを食べさせてほしい」

「舌の肥えた人に出せるものなんて作れないよ」

「碧がおいしいと思うものを作ってくれればいいんだ」

「わかった」

碧はクレジットカードを財布にしまって、部屋を出る。

ふかふかなカーペットが敷かれた廊下に、ピカピカに磨かれた大きな窓。

昨日までいたアパートと差がありすぎて、なぜだか惨《みじ》めな気持ちになる。財布の中のクレジットカードがそれに拍車をかけていた。

煌雅にそのつもりはないのだろうが、施《ほどこ》しを受けている気分になるのだ。

彼の優しさを捻《ね》じ曲げて受け止める、自分の卑屈さにため息が出る。

重い足取りで歩く碧を、煌雅の頼んだタクシーが待っていた。

「過保護って思えばいいのかな……」

安全のためという彼の主張は理解できなくはないものの、正直、昨日の今日でなにかあるとは思えない。病院は電車ですぐの場所だ。

かといって、呼んでしまったものを断るというわけにはいかない。

碧はタクシーに乗り込み、行き先を告げようとする。ところが、その前にタクシーが発車した。

「あの、行き先……」

「聞いておりますので、大丈夫ですよ」

支払いもすでに終わっていた。

煌雅のやることに抜かりはない。昔からそうなのだ。

碧はまたしてもため息をつき、目的地でタクシーを降りた。そのまま病院に入る。

本当は来る前に花を買いたかったのだが、タクシーの運転手へ寄ってくれとは言い出しづらかった。明日はタクシーを使わず、花屋に寄ってから来よう。

そう考えながら病室に行くと、母がスマホをいじっていた。

「もう起きてて平気なの？」

「来てくれたの」

「毎日来るから覚悟してね」

碧がそう言うと、母は困ったように笑う。

「そんなに来なくてもいいわよ。仕事だってあるでしょ？」

「んー、まあ。しばらくはお休みをもらうから大丈夫だよ」

「そう？　有給あるの？」

「うん。去年の有給にまだ使ってないものがあるから、問題ないよ」

「それならいいけど」

点滴を打って眠り続けた母は、すっかり回復したとしきりに主張する。そして、検査で帰れないのは暇だと嘆いた。

「一回、ちゃんと見てもらったほうがいいんだから」

「わかってはいるんだけどねえ。あ、会社には自分で連絡したから大丈夫よ」

「あ、ごめん！　私がやっておけばよかったのに、すっかり忘れちゃってた」

「いいのよ。……今日、煌雅くんは？」

「祝日だし、自分のマンションにいるよ」

「そう……」

母は窓の外を見る。

「父さんの親戚に騙《だま》されて、家を追い出されたでしょう？」

「うん」

「実はあの時、九条さんが助けてくれるって言ったの。仕事を紹介してくれるって」

「そうだったんだ」

「けどね。母さん、元々バリバリのキャリアウーマンだったせいか、自分の娘は自分で守れるんだって気持ちが強くて、断っちゃったのよ。いま考えると、甘えておけばよかったかなあ？　そうすれば碧に余計な負担を強《し》いることはなかったわね」

母の言葉に、碧は頷けなかった。返せない借りは作りたくないという気持ちはわかる。

黙っていると、母がため息交じりに続けた。

「甘えるだけって、寄生と一緒よねえとか思ったり……」

明るく、前向きで、自分のために必死に働いて育ててくれた母。そんな母を尊敬しているし、感謝しかない。

母も多くのことを悩んでいたのだと、いまさらながら実感できた。

「私、別に負担なんてないよ。今の自分が嫌いじゃないし、楽しい」

「そう？　でも、いいの？　煌雅くんと一緒にいるなら、あの世界へ戻ることになる可能性のほうが高いのよ。まあ、母さんも傍にいてくれたら安心だーなんて言っちゃったけど」

かつての生活が、碧にとって苦しかったことはない。けれど、庶民だった母には辛いことも多かったのかもしれないと、初めて気がついた。

そういう意味でも、いまの暮らしは悪いことばかりではないと思える。

それに、煌雅と結婚する予定はない。

だから碧は笑顔で頷いた。

「まあ、なんとかなるよ。私、結構楽観的だし」

「そういえば、たしかにそうね」

「大丈夫。大学の友達にね、口癖が〝なんとかなる。ならなかったら、なんとかする〟っていう子もいるんだよ？」

どんな時も笑っている友人を思い出す。大変なことがあっても、彼女は笑いながら人生を歩んでいる。

そんな彼女といると、自分の悩みも馬鹿らしくなって、心が軽くなるのだ。

「いい友達だね。……いまでもお付き合いしているの？」

「うん。結婚して、いまやお母さんだよ。そういう母さんは？　学生の時の友達の誰かに連絡したりする？」

「母さん、父さんと結婚する時に、全部捨てる覚悟をしたの。時代のせいもあって、仲が良くても生活環境が違っちゃった子たちと付き合い続けるのは難しかった」

「連絡、しないの？」

「いまさらしてもねぇ……」

「したほうがいいよ。そのほうがきっと後悔しないから」

「そうねえ。うん、ちょうどいま、暇なのよね。連絡してみようかしら」

「母さんって、やると決めたらすぐ実行するよね」

「悩んだってしかたないでしょう」

碧は小さく笑みを零《こぼ》す。

少しすると看護師がやってきて、検査の時間だと告げた。

母を見送り、碧は病室に一人残る。

病室の窓から外を眺めながら、今朝感じた矛盾について考えた。

いまの自分のことは嫌いじゃないが、好きだとは言えないでいる。その違いはいったいなんなのか。昔の自分を考えて、いまの自分と比較したりするくせに、過去の出来事によって出来上がった自分のことを嫌いじゃないと思う。

いつか、昔の自分といまの自分をすべてひっくるめて好きだと言えるのだろうか。

息を吐き出しつつスマホを取り出すと、煌雅から連絡が入っていた。

【何時ぐらいに帰ってくる？】

そう書かれている。

碧はどうしようか考えた。ギリギリまで病室にいるか、夕方に切り上げて買い物をして帰るか。すぐに答えが出せなかったので【わかったら連絡します】とだけ入れる。

一人になると、どうしても不安になってしまう。大丈夫だと自分に言い聞かせ、スマホを握りしめた。

治療費を心配しなくてもいいとしても、母になにかあったらどうしようか。たとえば検査の結果、癌《がん》が進行していて手の施《ほどこ》しようがないと言われたら、などと後ろ向きなことばかり考えるのだ。

過労と言われたが、考えられる病気のことをネットで調べてしまう。こんなことをしても、検査の結果がわからなければどうにもならないし、自分の不安を煽《あお》るだけだとわかっていても、調べずにはいられない。

二時間近く待って、母が戻ってくる。

碧は母と少し話をした後、ナースステーションに向かった。

「あの、ちょっといいですか？」

「窪塚さんの娘さんですね。はい、どうしましたか？」

「検査の結果は、いつ頃にわかりますか？」

「そう、ですね。細かい検査もありますし、すべての結果が出るのは一週間後になります」

「わかりました。ありがとうございます」

いまのところ緊急でなにかあることはなさそうだ。とはいえ安堵はできないし、検査結果によってはすぐに呼ばれることだってあるはずだ。ただ、待つだけなのは辛い。

碧が病室に戻ると、母がうとうととしていた。

「母さん疲れちゃった、ちょっと寝るわね。今日はもうなにもないから、碧はもう帰りなさい」

「うん、わかった。でも、起きるまでここにいてもいいんだよ？」

「いいわよお、子どもじゃないんだから。早く帰りなさい」

「ん、また明日来るね」

「毎日来てどうするの」

「いいじゃない。迷惑？」

「そんなことはないけど、碧が疲れちゃわないか心配なの。無理して来なくて大丈夫だからね。身体に気をつけて」

「病人は私じゃなくて母さんよ。じゃあ、またね」

母の病室を後にし、時刻を確認する。

まだ昼の三時だ。

思ったよりも早く帰ることになってしまった。

少し街をぶらぶらしてから帰ろうと決めて、碧は煌雅に連絡を入れた。

雑貨を眺めたり、洋服を眺めたり、一通りウィンドウショッピングを楽しんだ碧は、最後にスーパーで軽く買い物をして帰路についた。

マンションの近くにあるそのスーパーは、碧行きつけの店と違い、高級品を並べている。値段に驚いて、商品をいくつか棚に戻した。

そんなふうにして買い物を終えて部屋に戻ると、なぜか煌雅が玄関で仁王立《におうだ》ちになっている。

「え……っと？」

「なんで、電話に出なかったんだ」

彼は碧が両手に持っているスーパーの袋を取り上げた。

「電話？」

碧は首を傾げつつ、スマホをポケットから取り出す。たしかに煌雅からの着信履歴がある。

「ごめん、両手が塞がってて気がつかなかった」

「こんなに買い物するなら、俺を呼ぶなり配送するなりすればいいだろう？」

「いいよ。このくらい持って帰れる量だもの」

碧の返事に煌雅はますますむっとした顔になる。

「なによ。せっかく、ご飯を作ろうと思って、材料買ってきたのに」

「それは嬉しい。嬉しいが、俺が言いたいのは違う。こんなに重い荷物があるなら俺を呼べ。それが嫌なら、配送を頼め。そのほうが、碧が楽だろう」

「配送にしたらすぐに使えないじゃない」

「たしかにそうだな。やっぱり次からは俺を呼ぶんだ」

煌雅は怒りながらも、スーパーの荷物をキッチンに運んでくれた。碧は袋から中身を取り出して冷蔵庫にしまう。

彼は自分を呼べと言うが、普段は仕事をしていてマンションにいないのだから、呼べと言われてもなあという気持ちになる。

作業がすべて終わる頃には、彼の機嫌が少し治っていた。

「さっそく碧が作ってくれるのか？」

「そのつもりだけど、なにか予定ある？」

「ないよ。あっても、キャンセルする」

「キャンセルしたら相手に迷惑でしょう？　別に私の料理が逃げるわけではないし」

「俺にとっての最優先事項だから」

「……そう」

碧はどんな表情をしていいのかわからなくなる。彼の言動をどう受け止めればいいのだろう？

煌雅は初恋の人。そんな人からの甘い言葉に、気持ちが揺れてしまう。

そのたびにいまの自分の姿を思い出して、動揺を抑える。

そもそも、もう対等な関係ではない。母の治療費の代わりに労働を提供しているだけ。いや、その仕事も頑《かたく》なな碧のために彼が用意した厚意だ。

それすら、施《ほどこ》しなのではないかと考える卑屈な自分。

彼が悪いわけではない。

動きを止めて考え込む碧の手もとを煌雅が覗き込む。

「それで、なにを作るんだ？」

「ただのパスタだよ」

「そんなのも作れるのか……？」

「作れるって言ったでしょ。家政婦さんほどじゃなくても、もう何年も作っているもの。切羽詰《せっぱつ》まったら案外なんでもやれるものよ。いまは料理も楽しくなったし」

「そうか、うん、楽しみだ」

夕飯の準備を進める碧を、椅子に座った煌雅がじっと見つめる。

「……あんまり見られてるとやりにくいよ」

「駄目か？」

「駄目では、ないけど」

見ないでもらったほうが、緊張しなくて済む。

碧は、彼の視線を気にしないように材料を切り、パスタソースの下ごしらえをした。

今日は、ベーコンとブロッコリーのペペロンチーノとサラダ、それに野菜スープだ。

お皿に手際よく作ったパスタと野菜スープ、サラダを盛り付けた。

「おいしそうだな。せっかくだから、いいワインを開けるか」

煌雅がリビングにある大きな棚の黒い扉を開く。そこから涼しい風が流れてくる。

煌雅の後ろから覗くと、いろんな種類のワインが並んでいた。

「これは？」

「ワインセラー」

「ワインセラーってレストランの地下とかにあるイメージだったけど、こういうタイプのもあるんだね」

「そ、温度調節もしてくれるし便利だよ。今日は、そうだな、碧との再会を祝《しゅく》す意味も含めて、これにしよう」

彼が手に取ったワインを見るが、詳しくはないのでそれがどんなものなのか、碧にはよくわからない。

「どういうワインなの？」

「ブルゴーニュ地方のグラン・クリュの赤だよ」

見せられたラベルに書かれていたのは、碧でも知っている高価で有名な代物《しろもの》だった。碧は目を見開く。

「それってすごい有名なワインだよね。もっと、こう気兼ねなく飲めるやつがいいなあ……」

「そうか？　ならこっちのフランスの白ワインにするか。これは、農薬を使用しない自然農法で栽培したブドウのみで作ってるんだ」

「ふうん。どこもオーガニックが流行してるんだね」

「そう言えば多いな。無農薬野菜とか、オーガニック素材のシーツだとか」

煌雅がワイングラスを二つ用意し、白ワインを注ぐ。碧もテーブルについた。

「綺麗な色」

「ワインはあまり飲まないのか？」

「うん、そうだね。父さんはよく飲んでたけど」

「おじさん、ワインにうるさかったもんな」

碧は父がやっていたように、グラスを回し匂いを嗅《か》いで色を見つめ、口に含む。

正直、これでなにがどうわかるのかは知らないが、たくさんテイスティングをすれば、いつかは違いが理解できるのかもしれない。

「飲みやすい」

「そうか、よかったよ。パスタも冷めないうちにいただきます」

煌雅がパスタを口に入れ、笑みを零《こぼ》した。

「うまい」

「よかった」

「なんだか、不思議だよ。碧が俺に食事を作ってくれるとか」

碧も彼に手料理を食べさせることになるとは想像もしていなかった。

それがこんなに嬉しいということも。

二人は他愛《たあい》のない話をしながら食事を楽しみ、一緒に片付けをした。

そうして風呂も済ませ、今日もまた昨晩と同じように二人でベッドに潜《もぐ》る。

碧は昨日よりも緊張した。眠れる気がしない。

ベッドの端っこへずりずりと移動して、丸まる。すると、なぜか煌雅が近づいてきて背中から抱きしめられた。途端に身体がこわばる。

「なにもしない。それより、あまり端に寄ると落ちるぞ」

「だ、いじょうぶ」

「いいから、眠りな」

頭を軽くぽんぽんとされ、耳もとに彼の息がかかった。

こんな状況で眠るのはとても困難だ。だというのに、煌雅は眠りに入っている。なんだか、悔しい。

こちらはこんなにも胸が痛いのに、彼はまったくそんな気配を見せない。

「ばか」

碧はぽつりと呟いてから、目をぎゅうっとつむった。

すると、返事が聞こえる。

「誰が馬鹿だ」

「起きてたの」

「そんなすぐ眠れるかよ」

碧は思い切って尋ねてみた。

「煌雅くんは、どうして私の時間が欲しいなんて言ったの？」

どうしてあんな言い回しをしたのか。

「……突然だな」

「ずっと、気になってたから」

「わかれよ……」

「わかんないよ」

煌雅が碧を強く抱きしめる。

少し苦しいけれど、碧はその力を緩めないでほしいと願った。

煌雅は黙って、碧を抱きしめ続ける。

碧は彼に答えを求めず、抱きしめられたまま眠りについた。

第三章　瑠璃《るり》は脆《もろ》し

翌朝、碧が目を覚ますと、隣の温もりはすでになかった。

リビングへ行くが、そこにも煌雅はいない。

どうやら会社に行ったようで、テーブルの上にレストランに用意させたのであろう朝食と、仕事に行くというメモが置かれている。

碧は用意されていた朝食をとって廊下に容器を出す。

テーブルの上に一緒に置いてあったレストランの冊子によると、食事の終わった食器は外に出しておけば引き上げてくれるそうだ。洗い物をしなくてもいいというのはありがたい。

そのあとで、会社に休むことを伝えた。

母が倒れて入院したので付き添いたいと事情を説明し、問題なく休暇申請が受理される。

煌雅の言葉に従うのであれば、辞めざるをえないが、電話で、今日明日で辞めますと言うだけで終わらせることはできない。

どうするにせよ、きちんと今後を決めたら出社しよう。

碧は改めて決意し、クローゼットを開けた。

そこには曾根崎が用意してくれた質のいいワンピースが並んでいる。

けれど結局、土曜日に着ていたパーカーとスカートに着替え、バルコニーに出た。

日差しは暖かく、パーカー一枚でも気持ちがいい。

バルコニーにある椅子に座り、ぼんやりと外を眺める。

もう少ししたら母の病院に行くつもりだが、それ以外にやることがないのだ。

洋服は基本的にクリーニングで、食事も外で食べることが多いらしく、毎食作る必要はない。

掃除も定期的にハウスキーパーが入るので、どこもかしこも綺麗だ。

「……前は、どうやって過ごしていたんだっけ」

七年前は学生だったので、習い事や友人とのおしゃべり、それに旅行を楽しんでいた。どれもみな、いまやれることではない。

「時間の使い方が変わったってことかあ」

しばらくぼうっと過ごし、母の病院へ向かった。検査結果がわかるまでは特にやることはなく、母は母で、自分のことは自分でできると言うためやれることがあまりない。

あえてなにかするならば、しばらくゆっくりと二人でおしゃべりをするぐらいだ。

「こうやって、のんびり話をするの久しぶりだね」

「そうね。父さんが亡くなってから、お互い必死だったし、私もずっと仕事ばかりしていたもの」

「そのおかげで、こうしてやってこれたんだから。感謝しかないよ」

「そう言ってもらえるのなら、嬉しいわ。時間ができるっていうのは、嬉しいことでもあるけれど考えてしまうことも多い」

「考えること？」

「今後のこととか、いままでやってきたことは本当に正しかったのかとか。いろいろよ」

一人になると余計なことまで考えてしまうのは、碧も同じだった。

心配ごとはたくさんあるし、先行きも、どこへ向かうべきなのかもわからない。真っ暗闇の中にいるような気持ちになる。

それでも、進まなければならないのが辛いところだ。

碧はもう自立している大人であり、自分のことは自分でとわかっていたが、こうなってみて、母に甘えていたのだということを改めて自覚した。

母と数時間過ごし、病院を後にする。

スマホを見ると、煌雅から今日は遅くなるという連絡が入っていた。

ということは、今日の夕飯は一人ということだ。ならば凝《こ》ったものを作らなくてもいいし、適当に済ませよう。そう考えてスーパーで軽く買い物をしマンションに帰り、冷蔵庫に入っているものと、買ってきた漬物などで食事を済ませた。

それでもまだ夜の七時前で、まだまだ時間がある。

いままでは、このぐらいに帰宅をして夕飯を作り、食事を取った頃には夜の九時近くになっていて、お風呂に入って眠るという日々だった。

碧はマンションの冊子を手にとって、パラパラとめくる。そして、マンションにジムがあったことを思い出す。

マンションの住人は二十四時間使用可能だったはずだ。

碧は洗面所に向かい、自分の身体を見た。

七年前より十キロも太った身体。これも、昔と大きく変わったことの一つだ。

いままでの生活をことさら嘆く気はないが、これに関しては後悔しているし、碧を卑屈にする要因にもなっている。若い頃はどれだけ食べても太らないと思っていたけれど、そもそも栄養バランスが考えられた食事だったからだし、学生だったので定期的に運動だってしていた。

大学入学後は、特に運動サークルに入ったわけでもなく身体を動かさなくなっていた。それでストレスによる暴飲暴食を繰り返していれば、こうもなる。

その上、しばらく煌雅と食事をするなら、ますます体重が増えそうだ。彼に不味《まず》いものを食べさせるわけにはいかない。しかしおいしいものは高カロリーなのだ。

碧は、クローゼットからジャージを取り出し、水を持ってジムに向かった。

ジムのカウンターには、女性が立っている。

「こんばんは。カードキーの確認をさせていただきますので、ご提示願えますか？」

なるほど、住人かどうかの確認はこのカードキーでされるのか。

碧はカードキーを見せる。

「初めてのご使用ですか？」

「はい」

「では、簡単にご説明させていただきますね。二十四時間ご利用可能ではございますが、専門のトレーナーをお望みでしたら、個人で契約をお願いいたします。提携しているフィットネスクラブからトレーナーを紹介できますが、どういたしますか？」

「い、いいえ、とりあえずは大丈夫です」

「承知いたしました。夜の十時を過ぎると受付は無人となりますので、そちらにある機械にカードキーをかざしてください。なにかありましたら、カウンターにある電話でご連絡ください。コンシエルジュや担当の者が駆けつけます」

「わかりました」

「ウェアやシューズのご用意はされていますか？」

「服は持参してますが、シューズは忘れてしまいました」

「貸し出しも無料で行っておりますので、よろしければご利用ください。こちらの貸し出しは受付がいる時間のみとなります。ご了承ください」

「それでは、シューズを貸してください」

受付の女性は奥に行きシューズを持って戻ってきた。ロッカーの鍵を受け取る。

ジムの中も軽く案内してもらい、碧はさっそくジャージもどきに着替える。

夜の七時だというのに、たくさんの人が運動をしていた。

みな、有名スポーツブランドのウェアを着ていて、ジャージとTシャツ姿の碧は場違い感がある。

女性は身体にフィットするウェアでヨガや走り込みをしていた。とてもスタイルのいい素敵な人ばかりだ。やはり美を継続するには努力あるのみなのだと、しみじみと思った。

碧も、今後はできるだけ運動をしようと決める。

軽くストレッチをしてから、使い方がわからないマシーンに四苦八苦しながら筋トレを試みる。あまり負荷を感じないので、使い方が違うのかもしれない。

そこでそのマシーンは適当に切り上げ、自転車漕《こ》ぎに挑戦した。

一時間ほど自転車を漕《こ》ぐものの、普段運動をしていないからか汗をあまりかいていない気がする。

心拍数は上がっているし、息も切れているが運動をして汗を流したという感じにはならない。発汗しにくい身体になってしまっているのだろうか。

しかし、身体が疲れたのは事実で、ふらふらと部屋に戻る。

普段使わない筋肉を使ったせいで、すでにいろんなところが痛かった。

「い、だい」

玄関先で座り込んでいると、不意に扉が開く。

帰宅した煌雅が碧を見て慌てた。

「碧!?　どうした！」

「へ？」

「なんで、玄関にしゃがみ込んでるんだ。なにかあったのか？　具合が悪いなら医者をっ
煌雅がスマホを取り出したのを見て、今度は碧が慌てる番だ。

「違う違う、なにもないよ！」

「じゃあ、どうして？」

ジムに行って運動したらこうなりましたと言うのは、どうにも恥ずかしい。

けれど、黙っているわけにもいかず、素直にジムに行ってきて筋肉疲労だと伝えた。

「なるほどな。普段運動してないのに、突然、負荷をかけるからだ。こういうのは徐々にやったほうがいい」

「そうなんだ」

「今度、一緒にジムに行こう。機器の使い方を教える」

「別に大丈夫だよ。必要なら、近くにいる人に聞くし」

「近くにいる人って誰だ？」

急に、煌雅の声のトーンが落ちた。じっと鋭い視線で見つめられ、碧は目を逸らすことができない。

「う、受付のお姉さんとか」

「あの人はトレーナーじゃない。どうしてもというなら、女性トレーナーをつける」

「そこまでしなくていいよ。じゃあ、今度煌雅くんが教えて」

「もちろんだ。でも、突然運動なんてどうしたんだ？」

「まあ、ちょっとダイエット」

「なんで？」

煌雅もわかっているはずだ。碧が、前と違うことを。

「昔の体重に戻したいし、やっぱり昔のほうがまだマシだったと思うし」

昔の自分の方がかわいかったとは、自意識過剰な気がして言葉にできなかった。

「ダイエットなんかしなくても、碧はかわいいだろ？」

「煌雅くん、ちゃんと健康診断受けてる？　眼科に行ったほうがいいんじゃない？」

「碧は俺のことをなんだと思ってるんだ……」

顔をしかめる煌雅だが、碧は本気で心配になる。もし彼の言葉が本心なら、ちょっと審美眼がおかしい。

しばらく玄関でもめていると、やっと碧の筋肉痛が収まってくる。碧はどうにか立ち上がってリビングまで行き、残っていた水を冷蔵庫にしまった。

「煌雅くん、お風呂入る？」

「碧は？　ジム行った後シャワー浴びたか？」

「ううん。部屋でお風呂に入ろうと思ったから、浴びてきてないよ」

「ふうん……。いや、あー、沸かそう」

なにか言いたそうにしていた煌雅だが、さっさと風呂場に向かってしまう。

「私やるよ？」

後ろをついていくけれど、肩を掴まれて止められた。

「俺がやるから、とりあえずリビングにいてくれ」

「わ、かった」

言われるままリビングでテレビを見ていると、すぐに煌雅が戻ってくる。

「十五分ぐらいしたら、入れるから」

「煌雅くん先に入ってよ」

「いや、汗が引いて風邪を引いたら大変だろ。おばさんのこともあるんだから、自分を優先しろ」

たしかにその通りだった。

家主より先に入るのは憚《はばか》られるが、母の話をされると頑《かたく》なに煌雅を先にとは言えない。

碧は着替えを持って風呂場に行く。準備をしている間に風呂が沸き、ゆっくりと浸《つ》かった。

入浴後、手早く周囲を掃除し、煌雅に声をかける。

「煌雅くん、あいたよ」

「ん、わかった」

そそくさと移動する煌雅を見て、碧は首を傾げる。

なぜ、あんな風にこそこそと変な動きをするのだろうか。

不思議に思いながらも、碧は髪の毛を乾かして部屋に行く。そろそろ一度アパートに戻りたかった。まさかこんな風にここで生活するとは予想もしていなかったので、なにも持ってきていない。煌雅はなにもかもを用意してくれたが、すべてそれを使うというのも気が引けた。

この生活は期間限定のものだし、しばらく家を留守にするなら、大家さんに言ったほうがいいだろう。それにアパートにある父の遺影や形見、通帳なども持ってきたい。

碧はその話をしようと、しばらく煌雅が戻ってくるのを待ったが、彼はなかなか戻ってこなかった。

待ち疲れた碧は、ベッドに潜《もぐ》り眠りについたのだった。

そんな風に数日を過ごし、いつものように起きると、今日もすでに煌雅はいなかった。

「煌雅くん、私より遅く寝て、私より早く起きてるの……」

碧の睡眠時間が特別長いわけではない。まだ朝の七時なので、普通のはずだ。

だというのに、いつも通り朝食が準備されている。

「朝食は前もって予約してるってことなのかな」

それとも、自分が来てから毎朝頼んでいるのか。

碧は昨日と同じように朝食をとりながら、この問題をどうするか考える。

煌雅は碧に家のことを頼むと言っていた。それを考えれば、碧が朝食を作るのが筋だ。

また、煌雅は夕飯を毎日家で食べるわけではない。接待や、会食などがあり外で食べるほうが圧倒的に多いのだ。その中で朝食は、家で食事を取ることのできる貴重な機会だった。

今後はもう少し早く起きられるようにしたい。

この生活をはじめて数日。母のことや生活が変わったことなどで神経を尖らせていたし　気がつかないうちに疲労していたのだろう。だからか、朝もなかなか起きられなかったのだ。

「それにしても、煌雅くんが起きたのにも全然気がつかなかったんだよなあ。そんなに疲れているつもりはないのに」

母の病院へ向かおうと思ったが、母から【今日は来なくて大丈夫だから、碧も休んで】と連絡がきていた。毎日行っていたから心配したのかもしれない。

碧は了承の連絡を入れて、テレビを見たり、軽く掃除をしたりして過ごした。

昼食を軽く取ってから、着替えを済ませ化粧をする。

マンションを出て、アパートに向かうことにしたのだ。

アパートには一度戻りたいと思っていたし、時間もできたので、いい機会だった。行くのであれば、夜よりも昼間のほうが煌雅も心配しないだろう。

こうしてアパートに向かっていると、病院からアパートまでの道のりは長いことに気がつく。煌雅のマンションは病院を挟んでアパートとちょうど反対方面にある。それに、病院とアパートの距離のほうが長い。

彼のマンションから通えてとても助かっているのだと、改めて実感した。

（そうだ、煌雅くんに伝えておかないと）

碧は【いまからアパートに荷物を取りに行ってきます】と、煌雅にメールを入れる。

そうしてようやくアパートの前の路地に着いた。

一週間近く留守にしていたので、とても久しぶりだ。

相変わらず、はしゃぐ子どもの声やそれを怒鳴りつける親の声でにぎやかだった。

アパートの階段を上がり廊下を歩いていると、懐かしい音が聞こえてくる。隣の夫婦が今日も喧《けん》嘩《か》をしているようだ。

毎日毎日、喧《けん》嘩《か》をしていて飽きないのだろうか。それとも、彼らなりのコミュニケーションなのか。それに今日は金曜の昼間なのだが、仕事はどうしているのだろうかと疑問が浮かぶ。

部屋の扉を開けると、換気をしていないせいで少し埃《ほこり》がたつ。

碧が部屋に入ると、なぜか途端に二人の声が止まった。

「えっ……？」

怖くなり、急いで鍵をしめてキーチェーンをかける。

喧《けん》嘩《か》をしてない日などなかった二人が、突然、静かになるなんてなんだか変だ。よくないことが起こりそうで、不安になってしまう。

息を潜《ひそ》めていると、インターホンが鳴る。

無意識に肩がびくりと跳ねた。

碧は両手を握りしめ、ゆっくりと覗き穴から外を見る。そこには隣の夫婦がいた。

返事ができず、立ち尽くす。その状態でしばらくいると、今度はコンコンとノックの音がした。

「窪塚さん？　いるんですよね？」

「っ……」

「ちょっと尋ねたいことがあるんですけど」

これまで付き合いがなかった隣人。こんな風にうちにやってきたのは今回が初めてだ。

碧は、ここで扉を開けるのは得策ではないと判断した。

けれど、こちらが帰ってきているのは知られている。無視を続けるのはおかしい。

仕方なくキーチェーンをかけたまま、扉を開ける。隙間から奥さんの顔が見えた。

「あ、の、なんでしょうか？」

「いえね、この間、前の通りに高級車が停まって、その車に窪塚さんが乗り込んでたじゃない？　だから、なんかあったのかなあって心配になって」

「ご心配ありがとうございます。問題ありませんので」

どうにか震えずに言葉を紡《つむ》ぐ。けれど、隣人は引き下がらなった。

「ちょっと、開けてもらえませんか？　やっぱり顔をちゃんと確認したほうが安心するので」

「本当に、大丈夫なので」

扉を閉めようとぐっと力を込めたが、動かない。なぜだろうかと周囲を見て、扉の上のほうを掴む指があることを確認した。ますます恐怖が募る。

「いやいや、うちの嫁が顔見たいって言ってるんですし、そのキーチェーン外しません？」

「それ、は……」

自分がおかしいのだろうか。こんなに警戒することではないのではないか。

けれど、煌雅の言葉も思い出す。

『あんな場所に、高級車の迎えがきて、高級時計を身につけた男と付き合いのある女……いかにも狙われそうだ』

現に隣の奥さんは、高級車の話をしていなかったか？

絶対に駄目だ。これは、駄目なやつだ。

碧はどうにか扉を閉めようとぐいぐいと力を込める。けれど男性の力に敵《かな》うわけもなく、一向に扉は閉まらない。キーチェーンをかけていたことだけが救いだ。

ついに扉を諦め、碧はドアノブから手を離す。

「開けてくれる気になりました？」

旦那さんがほっとしたように言うのに答えず、玄関から離れてテーブルの上にあったカッターを手に取った。自分の身は自分で守らなければ。

高級車に乗ったお金持ちと知り合いの碧に、なにかあるのかもしれないと隣人が勘ぐったのだろうことは予想がついた。

正直この周辺の治安は悪いし、ごくたまにではあるがそういう筋の人が歩いていることもある。

隣人の男性がそうだとは思っていなかったが、可能性はあった。そうではなかったとしても、人はお金のために人を騙《だま》すことも、痛めつけることもできる。碧はそれを身をもって知っていた。

二人は本当に自分のことを心配してくれているのかもしれないし、違うかもしれない。

碧にはどちらなのか判断がつかないのだ。

彼らは玄関の前から離れる様子はない、ずっと扉を薄く開けたままでいる。

碧はぐっとお腹に力を入れると、そっと二人に頼んだ。

「キーチェーンを外すので、手を離していただけますか？」

「ああ、たしかにそうですね」

扉を閉めると同時に、鍵をかける。

「あ、ちょっと！」

「す、すみません！」

慌てた声を聞いて、無意識に謝る。でも再び扉を開けようとは思わなかった。

外からは隣人夫婦が揉めている声が聞こえてくる。

「窪塚さん！　あーあー！　もう！　絶対あんたのせいだからね！」

「なんでだよ！」

「あんたが、あんな怖い顔で鍵開けろなんて言ったら、絶対怖がるに決まってるでしょ！　それぐらい脳みそ使え、脳筋！」

「筋肉がすべてなんだよ。お前だって、俺の筋肉好きだろうが」

二人の会話はあまりにもいつも通りだ。

碧は、自分が自意識過剰だったのかもしれないと思い直した。

煌雅の言葉で疑心暗鬼になり、危険な目に遭うと思い込んでいた気がする。人を拒絶するのは嫌だ。そんな自分を後悔したばかりじゃないか。周囲を拒絶すれば、孤独になる。

碧は、鍵を開けてキーチェーンを外した。

「あ、出てきた」

奥さんがほっとした声を出す。

「あの、本当に大丈夫なんです」

「本当？　ちょっと顔上げてちゃんと立って」

「は、はい」

言われた通りに顔をまっすぐ前に向けて立つと、彼女は碧の全身をくまなくチェックした。

「うん、怪我してないっぽい」

すると、旦那さんの方もほっとした顔をして言う。

「悪いね。この辺は治安悪いし、あんな車が君のこと攫《さら》ってっただろ？　そっち系に売られでもしたんじゃないかって話になって」

「いえいえ、そんなんじゃないんです。あの、昔の知り合いなんです。久しぶりに再会というか、偶然会ったら探してくれて……」

「なら、よかったあ。こっちこそごめんね？　私も旦那も夜の仕事メインで生活時間帯があんまり合わないから、付き合いなかったのに、お節介やいて」

「そんな、嬉しかったです。こちらこそ警戒してごめんなさい」

「いいのいいの、むしろあれぐらいの警戒心があったほうが絶対いい。それじゃあ、うちら戻るから」

「あの、本当にありがとうございました」

「どういたしましてー」

隣人夫婦は、二年前に引っ越してきた。以来、ずっと隣に住んでいるのだが、関わりがほとんどなかったのだ。本人たちも夜の仕事をメインでしていると言っていたので、こんな時間に夫婦揃って自宅にいる謎も解けた。

そもそも夜の仕事でなくとも、在宅の仕事の可能性だってあったのだ。こういう考えも偏見の一つなのかといまさら反省する。よく喧嘩《けんか》をしている程度しか知らなかったのであんな態度をとってしまったが、話してみると、とても気さくな優しい人たちだと思った。

ほっと全身の力を抜き、碧は、父の遺影や自身の日用品などを鞄の中に纏《まと》めていく。

けれど、ふと違和感に気がついた。

あの日以降、誰もこの家に入っていないはずなのに、置いてあるものの位置にズレが生じている気がする。

碧の背筋に冷たい汗が流れた。

「なんだろう……？」

あたりをきょろきょろと見回す。けれど、これだという違和感の正体がつかめない。

気のせいだろうと頭を振って、必要なものの整理を再開した。

食料品も保存がきかないものは、全部処分しなければ。

もったいないのでまだ使えそうなものは袋に入れて、駄目になったものをゴミ袋へ入れる。

「あ、時計も忘れないようにしなきゃ」

たいていのアクセサリーはお金に換えたけれど、高校入学の祝いに父から貰った時計だけは売らずに取っておいた。高校生がつけてもおかしくないシンプルなものではあるが、ブランドものだ。

仕事に行くときはつけているものの、休日は定位置にしまってあった。

いつもしまっている引き出しを開ける。ところが、そこにあるはずの時計がない。

「え？　あれ？　別のところに置いたっけな。お風呂入ったあと、お風呂場にそのままにした？」

風呂場の棚を確認するが、そこにもなかった。他にも自分が置きそうな場所を探し、鞄の中も確認したけれど、どうしても見つからない。

別の引き出しを開けて、手を止める。

「……変」

普段、碧も母も引き出しの中を整理整頓《せいりせいとん》していた。なのに、中身がぐしゃぐしゃになっているのだ。

「嘘でしょお」

両手で顔を覆う。

たった数日帰らなかっただけだというのに、なぜこんなことに。

幸い、通帳や印鑑などは母も碧も持ち歩いている。

時計以外に盗られそうなものがなかったか、急いで思い出す。

「パスポート」

七年以上前に作ったきりのそれはすでに期限切れだが、なにかしらに使われるかもしれない。慌ててパスポートを入れている引き出しを開け、奥の板を外す。念のため、そこに隠していたのだ。

「さすがに、ここまではわからなかったんだ。よかった」

だが、また数日家を空《あ》けるとなると、誰かに入られる可能性がある。碧は、盗まれたら困るものを全部纏《まと》めて、鞄の中に入れた。

その時、インターホンが鳴る。覗き穴から覗いたところ、そこには煌雅がいた。

「煌雅くん」

急いで玄関を開けると、彼が怖い顔で部屋に入ってくる。

「荷物を取りに行くなら、誰かを使え」

「そんなに荷物ないし」

「だからって、危ないだろ」

「煌雅くんは心配しすぎ……でもないか」

「……なにかあったのか？」

碧は、無意識に煌雅の服を握りしめる。

「多分、空《あ》き巣《す》」

「なにか盗まれたのか？」

「父さんからもらった時計」

「あの、碧が気に入ってたやつか……」

「うん。誕生日に貰ったアクセサリー類は大抵いとこに取られちゃったし、残ったものも売ったから、唯一残った父さんからのプレゼントだったんだけど」

「……そうか」

煌雅が碧の頭を引き寄せた。

彼の匂いがふわっと漂《ただよ》い、その香りを感じた瞬間、なぜか碧の目から涙が出てきた。下唇を噛み声を殺して涙を流す。

「声、出してもいいんだぞ」

「隣に聞こえちゃうもの」

「……わかった」

碧は煌雅の背に両腕を回し、縋《すが》るように泣いた。

しばらくして、彼から離れる。

冷蔵庫から水を取り出して一気に水分補給をした。

「ありがとう」

「いや。ただ、ここは引き払うぞ」

「え、それは困るよ。帰る場所がなくなっちゃう」

「駄目だ。俺の部屋が嫌なら別に用意する」

「用意って……いいよ。ちゃんとなんとかするから」

「どうなんとかするんだ？　おばさんの検査結果だってまだわかってないだろ。病気だったら入院が長引くし、そうでなかったとしてもゆっくりできるところで養生してもらったほうがいい」

「それは、そうだけど……」

実際に空《あ》き巣《す》が入ったり、勘違いとはいえ隣人に恐怖したりしたいま、ここで大丈夫だとは言えなかった。とはいえ、引っ越すにしても、碧の経済力では似たようなところしか借りられない。

「あのマンションの下の階に、弟が来た時に泊まる部屋があるんだ。持ち家なので家賃はない。元々、それほど頻繁に使ってないし、弟には別のマンションを準備するから問題はないだろう。碧は……管理費だけ払ってくれれば」

「管理費」

「ああ、使ってないのに管理費だけはとられるんだ。部屋を使って払ってくれるとむしろ助かる。それだと駄目か？」

「ううん……。ありがとう」

無償で借りることに抵抗があると気がついたのか、碧がいつも素直に了承しないせいかはわからないが、煌雅は対価を要求した。それだけで碧の気持ちは軽くなる。

あんな高級マンションだ。管理費だってそこそこするはず。あとで、教えてもらおう。

少し冷静になった碧は、まず警察に連絡しなければいけないことに気がつく。

「警察に電話しなきゃ」

「そうだな、とりあえず外に出ていよう」

煌雅に促《うなが》され外に出てから、警察に電話をした。

空《あ》き巣《す》に入られたことなどを伝え、数十分ほど待つと警察がやってくる。鑑識も含めて、複数人の警官がやってきたので、少しだけ驚いた。

「こ、こんなに来るんですね」

碧が思わず呟くと、警察の人は苦笑する。

「すみませんが、よろしくお願いします」

「いえ、こちらこそ、お願いいたします」

犯人との区別のため、指紋を採られる。煌雅も一度この部屋にきたことがあったため、同じように指紋をとられた。

「あの、母はいま入院をしていて帰ってこられないんですが」

「わかりました。後ほど病院を教えていただけますか？」

「もちろんです」

その後、写真を撮ったりして現場検証は二時間ほどで終えた。

「すみません、今日でこの家を引っ越すつもりなんですが、問題ないですか？」

「そう、ですね。連絡先をいただければ問題ありません」

碧は警察に自分の携帯番号を教えた。警察が帰った後、隣の部屋の夫婦が顔を出す。

「なにかあったの？」

「空《あ》き巣《す》に入られてしまったようで」

「うっそ、マジで？　夜中とかだったら、うちら仕事してて気がつかないからなあ。ごめんね」

「いえ、謝っていただくことではないので。心配していただいて、ありがとうございます」

「大家さんには？」

「これから連絡します」

「そっか、あんまり気を落とさないでね」

奥さんに背中を撫でられて、少しだけ泣きそうになってしまう。

さきほどあれほど泣いたというのに、そう簡単に心は安定してくれないようだ。

検証の終わった部屋を見つめて、息を吐く。

すると、煌雅が碧の背中を軽く叩いた。

「よし、必要なものだけを持って引っ越すぞ。家具は残していっていい、業者に処分させる」

「え、家具を処分するの？」

長く愛用していたものなので、それなりに愛着だってある。簡単に処分と言われ、なぜという気持ちになってしまった。

「弟の部屋には家具も電化製品も揃ってるんだ。ほとんど使ったことがないし、おばさんに使ってもらったほうが家具も喜ぶよ」

「ほとんど使ったことがないって、どうして？」

「地方の会社で支社長をしているあいつが、こっちで遊ぶ時に寝るためだけの部屋だから。ただ、なにも家具がないのもっていうので、入れてあるんだよ」

すでに家具や電化製品が揃っているのならば、碧たちが使っていたものを持っていくと邪魔になってしまう可能性がある。それでも最低限のものは残しておきたい。

「できれば、最低限は持っていきたいんだけど……」

「そうか、わかった。残したいものだけを別にしてくれ」

「ありがとう」

こんなことになってしまったのだ。すぐに新しい家を見つけるのは大変だし、母のこともあるのでしばらくは彼の家にやっかいになるしかない。けれど、落ち着けば出ていくのだから、壊れていない炊飯器や掃除機などは持っていきたかった。

「弟が使っている部屋にも納戸《なんど》のような部屋があるし、そこに入れておけばいいだろう」

碧は、持っていきたいものだけを厳選して、処分するものとは別にした。

それにしても、まさか同じマンションにもうひとつ家を持っていたのは驚きだ。

彼の実家は何棟家を持っているのだろうか。ただ眠るだけの場所として、高級マンションの一室を確保しているなんて。

いや碧の父も、別荘や長期出張のための屋敷など、何軒か家を所有していた。そんなに珍しいことでもないのかもしれない。

「私、母さんに連絡するね」

「俺からも連絡したい、電話できる場所に行けるか、聞いてもらえるか？」

「うん。聞いてみる」

碧は母にメールを入れて、院内で電話ができるエリアまで移動してもらう。メールで確認してから電話をかけた。

「あ、母さん？」

『なに？　どうしたの？』

「んー、どこから説明すればいいのか」

碧が考え込んでいると、煌雅が代わってくれとジェスチャーをする。

「煌雅くんが代わってほしいみたいだから、代わるね」

彼は碧からスマホを受け取ると、すぐに落ち着いた声で話し始めた。

「おばさん？　実は、アパートに空《あ》き巣《す》が入ったようなんです。いえ、碧が安全に生活するためにも引っ越しをしてもらおうと思いまして。俺の住んでるマンションに空《あ》き部屋があるので、とりあえずそこを確保しておきます」

電話の向こうの声はかすかにしか聞こえないので詳しくはわからないが、煌雅のマンションに引っ越すことを母はすんなり了承したようだ。

他人に借りを作るのを嫌がっていたのに、どういう心境の変化があったのか不思議だった。明日の面会の際にでも聞いてみようと、碧は思う。

電話を返してもらい、母に引っ越し先に持っていきたいものがあるか聞いた。それ以外はすべて処分することも伝える。

「押し入れの？　一番奥の赤い箱？」

碧が母の指示を口に出して押し入れに向かうと、煌雅もついてきて赤い箱を取り出してくれた。

「それだけでいいの？」

『それ以外の貴重品は持ち歩いているから。あとは洋服があれば、どうとでもなるわね』

「わかった」

母の洋服や碧の洋服を段ボールに詰め込む。他にも、必要なものだけを纏《まと》めた。

最後にテディベアを手にする。

「……これは、捨てられないな……」

彼と出会った時にもいたテディベア。碧の環境が変わっても変わらなかった、数少ないものの一つだ。

それと読みかけの本も一緒に箱に入れた。

「このぐらいかな」

「わかった。車を呼ぶ」

「え、またあの大きな高級車？」

「今回は普通のだよ。あれだと目立つって、碧がうるさいからな」

「ひどい」

段ボールを玄関先に置き、まだ大丈夫だと判断した食材を入れた袋を両手に持つ。

その格好で、一度玄関を出た。煌雅も一緒についてくる。

「どうしたんだ？」

「お隣さんのインターホンを鳴らしてくれる？」

彼にインターホンを鳴らしてもらい、碧は隣人夫婦に食材を渡した。

「え？　いいの？」

「いいんです。今日で引っ越すことになってしまったので」

「空《あ》き巣《す》入ったもんね。でも本当の、本当に大丈夫？　この人、怪しい人ではないの？」

奥さんはまだ煌雅を疑っているらしく、胡散《うさん》臭そうに彼を観察している。

「俺はこいつの幼い頃からの知り合いなんです。久しぶりに再会したので訪ねてきたら、空《あ》き巣《す》が入ったというので」

不躾《ぶしつけ》な視線に負けず、煌雅は丁寧な口調で説明した。

煌雅の態度に、隣人夫婦も信用したようだ。

「わざわざ、挨拶《あいさつ》にきてくれてありがとうね。今日初めてまともに話したっていうのに」

「心配してくださって嬉しかったので」

先日、煌雅の家で十分な食材を買ってしまった。腐らせるよりは使ってもらったほうがいい。

夫婦に挨拶《あいさつ》を済ませ、碧はやってきた車に荷物を詰め込んだ。

「業者は俺のほうで手配する。大家にも連絡を入れておくから」

「え、いいよ。大家さんにはこっちで伝えるよ」

「いや、きっといろいろ手続きがあるし、引っ越し業者と一括で済ませたほうが早い」

「そう？　わかった。煌雅くんにお任せするね。……なにからなにまでありがとう」

「俺が好きでやってることだから、気にするな」

正直そう言われても、気になる。

いつかきちんと精算しなければ。借りのままで終わらせるのは嫌だ。

そうして車に乗り込もうとして、大切なものを忘れてしまったことを思い出す。

「ごめん、煌雅くん。ちょっと待ってて」

「どうしたんだ？」

「忘れ物」

慌てて部屋に戻り、引き出しを開ける。その弾みで、コロコロとガラス玉が転がった。

それを手にとると、かつて勢いよく投げ入れてしまったせいか少しヒビが入っていた。

「そう、よね。当たり前か」

こういったものは壊れやすい。だから、大事に大事にしていたのだ。自分がしでかしたこととは
いえ、そのヒビがあまりにも切なかった。

ガラス玉をポケットの中に入れて、車に戻る。

「ごめん、おまたせ」

「いや、いいんだが。なにかあったのか？」

「なにも、ないよ」

煌雅は怪訝《けげん》そうな顔をしたが、深くは聞いてこなかった。

そうして、碧は煌雅のマンションに戻ったのだった。

マンションにつくと、煌雅が指示を出し、母の荷物などは彼の弟が使っているという部屋に運び込まれた。

「最近、あいつはこっちに戻ってきてないから、掃除と点検もさせておく。おばさんが退院するまでには住めるように手配した」

「わかった。ありがとう」

碧は一旦、煌雅の部屋に戻り、私物をクローゼットに片付ける。そこに煌雅がやってきた。

「煌雅くん、そういえば今日、仕事はいいの？」

「ああ、問題ないよ。夕飯は下のレストランにでも行くか？」

「いつも朝食を届けてくれているお店？」

「そうだ」

「うん、食べたいかも」

本当はあまり食欲はない。けれど食べなければ体力が落ち、ろくなことにならないと知っている。父を亡くした時の苦しさに比べれば、空《あ》き巣《す》に入られた程度、どうってことはない。そう自分に言い聞かせた。

片づけが一段落したところで、煌雅と一緒にレストランへ降りる。

カジュアルな格好だが、このレストランはマンションの住人が寛《くつろ》げるようにと作られているため、問題はないらしい。たしかに、ジム帰りだろうウェア姿の人もいた。かしこまりすぎない雰囲気がとてもいい。

「ここの朝食って、種類あるの？」

「あるにはあるが、俺はいつもお任せにしてる」

「へえ、パンケーキとかもあるのかな」

「聞いてみるよ」

空《あ》いている席にどうぞと言われ、適当な場所に座ると、すぐに店員がやってきた。

「ホテルのレストランと変わらないね。ホテルに泊まってるみたいな気持ちになる」

そんな話をしつつメニューを貰い、軽い食事を頼む。

お酒をすすめられたが、さすがに飲む気分になれず断った。

「煌雅くんは飲んでもいいんだよ」

「いや、碧が飲まないなら俺もいいよ。今度、碧が飲みたい気分の時に一緒に飲もう」

煌雅はとても優しい。彼の優しさも不器用さも変わらないままだ。

碧の見た目が変わっていても、環境に合わせて性格が変わっていても、彼は受け入れてくれる。

変わったと指摘することはあっても、〝碧らしくない〟とは言わない。

前よりも素直になれず、純粋でいられず、厚意を受け入れられない。そんな碧を、煌雅は責めなかった。

彼の優しさが、痛い。

胸が苦しくて、泣きたいくらいだ。でも彼の前で泣きたくなくて、小さく息を吐き出した。すでに彼の前で泣いたことがあるというのに。

碧が急に黙り込んだことでなんとも言えない気まずい空気が流れ始めたが、給仕の柔らかい声で霧散《むさん》する。

「お待たせいたしました」

煌雅と喧嘩《けんか》をしたわけでもなく、勝手に気まずい思いをしていただけとはいえ、助かった。

目の前に出された料理は、とても綺麗でおいしそうだ。けれど、なぜか喉の通りは悪かった。

それでも一つ一つ、丁寧に作られた料理をどうにか味わい、煌雅と一緒に部屋に戻る。

今日もいろいろあって、疲れていた。

風呂に入ってスキンケアを済ませ、碧はリビングで緑茶を飲む。

しばらくすると入れ替わりで風呂に行っていた煌雅が戻ってきた。冷蔵庫から冷たい水を取り出し、飲み干す。飲むたびに動く彼の喉仏は、どこか官能的だ。

じっと見ていると、その視線に気づいた煌雅が、こちらを向いて首を傾げる。

ただ見とれていただけとは言えないので、碧はなにか話題はないかと考えた。そして一つ思い出し、それを伝えることにする。

「煌雅くん」

「どうした？」

「朝、いつも何時に起きてるの？」

「突然だな」

「朝、普通に起きても、煌雅くんは出社した後だったから。家のことをやってほしいって言われたのに、夕飯はあんまり家でとらないでしょう？　なら、朝食を作ろうと思ってたの」

「なるほど。そういうことか、そうか」

煌雅はなぜか口元を片手で覆い、眉間に皺《しわ》を寄せた。

「せっかくだし、頼むよ」

「うん、それで朝は何時に起きて、何時に家を出るの？」

「最近はいろいろあって、いつもより早く出てたんだよ。それで、朝碧が起きる前に出社してたんだ。普段であれば、六時過ぎに起きて、七時半ぐらいには家を出てるよ。始業は九時だから、三十分前には会社に着いているようにしてる」

「そうなんだ」

「それに、重役出勤なんてできる立場じゃないしな」

煌雅はソファーへやってきてドサッと座り、髪の毛を掻《か》き上げる。

「やっぱり、自分の父親が勤める会社で働くのは大変？」

「そうだな。黙って入社していても、こういう話はすぐ回るものだ。それに俺の一挙一動に幹部たちが目を光らせているからな。下手なことはやれない」

「大変だね」

「大変だが、少しずつ報われそうだから」

煌雅が優しい笑みを浮かべた。碧は、その笑顔を直視できなくて、視線を手元へと戻す。

そんな顔でこちらを見ないでほしい。どうしていいのかわからなくなるから。勘違いしたくなるから。

「そ、そういえば煌雅くん、土日の予定は？」

「明日は友人と会う約束をしていて、日曜は呼び出しがなければなにもないってところだな」

「呼び出しなんかあるの？」

「友達や、両親、その他もろもろ。ゆっくり休める土日なんて、いままでそうなかったからな」

煌雅はどこか遠い目をする。彼は碧がどうこの七年間を過ごしてきたのか知らないが、同じように碧も煌雅がどういう七年間を過ごしたのか知らない。

なにがあって、どんなことに傷ついて、どんな風に幸福を得ていたのか。

「とりあえず、今日は寝るか。碧も疲れてるんだ。ゆっくり眠ろう」

煌雅に差し出された手を、自然と取ってしまう。

彼はいつも、先に立ち上がりこうして碧に手を差し出してくれた。いつでも、どんな時でも。

寝室へ入り、煌雅に背を向けるようにしてベッドに潜《もぐ》る。

まだ一週間も経っていないというのに、彼と眠ることに抵抗がなくなってしまっている。そもそも、最初からそこまであったとも思えない。

彼とはもう、違う世界の生き方をしていて、この先は彼と自分の人生が交わることはないと予防線を張りながらも、こうして彼の優しさを得ようとしている。なんて、浅ましいのだろうか。

そんな自分に気がつきつつも、これが一時《ひととき》の夢ならばせめてその幸せを満喫《まんきつ》したいとも思う。そうすれば、これを糧《かて》に生きていける気がするから。どうか、この夢が一秒でも長く続けばいいと願うのだった。


翌朝の、土曜日。

昨日の空《あ》き巣《す》の件で心が疲弊《ひへい》していたせいか、目覚ましが鳴ったことに気がつかず朝の九時に目を覚ました。思っていた以上に寝ていた自分に自分で驚く。

リビングへ行くと、すでに煌雅は出かけた後のようで、いつもと同様に朝食が置いてあった。

「あんなことを言い出したくせに、朝食を作れなかった自分が嫌い」

深い息を吐いてから朝食の蓋を開けると、そこには碧が食べたいと言っていたパンケーキが入っている。朝からなんて贅沢《ぜいたく》なのだろうか。

明日こそはと自分に活を入れて、おいしいパンケーキに舌鼓《したつづみ》をうち、家の掃除をしたり保険会社に電話をしたりと、やろうと思っていたことをこなしていく。

昼過ぎに母のもとへ行き、軽くおしゃべりをする。母は、健康的な生活を送っているおかげか以前よりもとても元気に見えた。

「それで、空《あ》き巣《す》が入ったんだって？」

「うん。あんな家に空《あ》き巣《す》が入るなんて、本当に変だよね」

「まあ、なにがあるかわからないもの。どんな家でも、意外なお宝が眠っていたりすることがあるからね。なにか、盗られた？」

「……父さんから貰った腕時計」

「そう、大事にしていたのにね」

「やっぱり悲しいけど、あの日、腕時計を貰った思い出が消えるわけではないから」

碧はつとめて明るく伝えたが、母は心配そうに碧の身体を優しく撫でてくれる。どんなに虚勢をはろうとしても、母にはすぐ見破られてしまう。

「大丈夫だよ。煌雅くんがいろいろしてくれたし、本当……なにからなにまでお世話になっちゃって」

どうやってお礼をすればいいのか。家のことをするといっても、些細《ささい》なことばかりでまったく役にたっていないし、そもそも必要だってなかっただろうに。

「ところで、母さん。どうして煌雅くんの提案を簡単に了承したの？　母さんだったら、自分たちのことは自分たちでなんとかするから大丈夫って言うかと思ったのに」

「母さんもいろいろ考えたわけよ。私自身は自立しているほうが楽だし、誰かに借りを作ると碌《ろく》なことにならない場合もあるしね。けど、頑《かたく》なすぎたら孤独になってしまうのかしらと思ったの」

「心境の変化？」

「んー、倒れた時にまず考えたのは碧のことだった。碧を一人置いて死ぬわけにはいかないとも思ったし、こういう時、頼りになる人がいなかったことも悔やまれる。碧も私も知っている人で、なにかあれば助けてくれる人がいてくれれば安心するのにって。母さんはもう親戚がいないし、父さんの親戚にだけは、助けを求めたくないしねえ」

そんな時、碧が煌雅と再会した。

倒れる前だったら、久しぶりに会った男性に碧を任せたりはしなかっただろう。それでも、彼を頼ろうと思ったのは母自身になにかがあったとき、助けてくれる人を得るためだった。

「倒れてどうかしていたんだって言われてもおかしくないんだけどね。煌雅くんの瞳を見たら大丈夫かなーって思っちゃったのよ。それに、碧に言われて昔の友達にも連絡をしたんだけど、みんなつい昨日も会ってましたーみたいな反応だったの。なんだか、もう少し他人に頼ってもバチは当たらないんじゃないかって思えてね」

今回の病院代のこともあるし、空《あ》き巣《す》が入ったアパートに居続けるのも危険が伴う。かといって、入院中の自分がどうにかできる問題ではない。だから、一時の仮宿だったとしても、頼れる場所があるのならば頼ってしまおうと考えたようだ。

生きていれば、借りなど返せると吹っ切れたのかもしれない。

碧は夕方過ぎに病院を後にして、マンションへ戻る。

煌雅から連絡がないので、友達と夕食をとってから帰るのだろう。

「なに食べよう」

昼食を軽くしてしまったせいで、結構お腹が空《す》いている。冷蔵庫を物色して、キャベツと豚のロースがあったため、生姜《しょうが》焼きを作ることにした。

ご飯を炊いて、お味噌汁も作り、キャベツを千切りにしていると。ドアが開く音がした。

「ただいま」

「おかえり、早かったね」

「そうか？　これでも、何度も帰ろうとしたのを引き留められたんだよ」

「楽しかった？」

「まあ、そうだな。心を許せる相手だから」

煌雅の笑みが柔らかくなる。自分も知っている人かどうかわからないが、煌雅にとって安らげる場所が一つでも多くあるなら、碧も嬉しい。

「俺の分もあるか？　いい匂いがする」

「うん、大丈夫だよ」

お肉が多めにあってよかったと、心の中で安堵する。

煌雅の分も一緒に作り、二人で夕食を共にした。煌雅がおいしそうに食べてくれるのが嬉しい。まるで、夫婦のようだと勘違いも甚《はなは》だしいことを考える。

食器を片付けて、お風呂の準備をしようと洗面所に向かう。そこの大きな鏡に映る自分の姿に、眉間に皺《しわ》を寄せた。にくにくしい太ももに、摘まめる二の腕、そしてぷにぷにとしているお腹。鏡を見ると、自分という人間の現実を直視させられる。

おいしい白米と生姜《しょうが》焼きを食べている場合ではなかった。運動しなければ。

食事を取ってから二時間後に運動をするといいと聞いたことがあるので、碧は二時間後にジムへ行くことを決める。それまでに、お風呂の支度なども済ませておこうと動き出す。

ただ、食事を取った後は満腹からか満足感からか、やはり動きたくなくなるのだ。

煌雅と一緒にソファーに座り、ついテレビを見てしまう。そんな風に過ごしていたら、あっという間に二時間が経過した。いまさらジムに行くのは面倒くさいけれど、ここで負けたら駄目だと、自分を叱咤《しった》する。

前回と同じような服を手に取って、準備をした。ウェアを買ったほうがいいかと思う一方、この身体でラインが出る服を着るのは勇気がいる。

「碧？　どこか行くのか？」

「あ、ジムに行ってこようかなって」

「なら、俺も行く」

「へっ⁉」

「なんだ、なにか都合の悪いことでもあるのか？」

「いや、ないんだけど……」

ないのだが、煌雅が見ている前で運動をするのはとても恥ずかしいと感じる。

「俺も最近運動不足だしな。少し待ってろ」

煌雅も荷物を持ってやってきた。彼が持っているスポーツバッグは、いつも部屋に置いてあるもので、その中にすべてのスポーツ用品が入っているのだろう。

やっぱりやめたとは言えず、煌雅に連れられてジムへ向かった。そこで、先日と同様にシューズを借りて、着替える。

休日だからか、先日よりも人は少なく感じた。

どこから取り組もうかと考えていると、煌雅がやってくる。シンプルなスポーツウェアを着ているというのに、なぜこうも様《さま》になるのか、碧は問いただしたくなった。

「まずはストレッチからな。伸ばしすぎてもよくないが、なにもしないのは危険だから」

「はい」

煌雅をコーチとし、ストレッチをしてから筋トレをこなし、有酸素運動をする。正直、辛い。碧が一人であれば十回で終わらせていた筋トレを、三種類十五回を三セットというメニューにされた。なぜ三セットなどと区切るのかわからない。それぞれを四十五回だと言ってくれればいいのに。

そんな風に益体《やくたい》もない弱音を吐いてみるが、煌雅は笑うだけだ。ダイエットをしなくてもいいと言っていた彼がこんなに鬼コーチになるとは予想もしなかった。

「俺は、別にダイエットをしなくたっていいとは思うが。健康のため身体を動かして絞ることはいいことだ。これから、週三回はジム通いだな」

「週に三回でいいの？」

「やみくもに鍛えたって意味がないんだよ。本来は毎日部位を変えて筋トレするのが理想だが、碧にいますぐやれといって、やれるものじゃない」

「聞いてるだけで絶望しそうなんだけど」

本音が出た。

「わかってるって。それに、碧はそこまで本格的な筋トレがしたいわけじゃないだろう？　俺だってそこまでストイックにはさすがにやれないしな。だから、適度にやるのが一番いいんだよ。続けられるようにやるのがコツだ」

「はい、コーチ。頑張ります」

「コーチか、そういう響きも悪くはないな」

口の端を上げて笑う煌雅は、どこか官能的だ。碧は自分の顔が熱くなっているのが、運動をしたせいなのか彼のその表情を見たせいなのか、判断できなかった。

「なんで、そんなに詳しいの？」

「あー、大学生ぐらいの時、筋トレにハマったんだよ。腹筋を割りたいと思ってさ。いまは、適度に運動してるってぐらいだよ」

そう言ってから、黙々と自分のメニューをこなしていく煌雅はかっこよかった。どちらかというと細身だと思っていたが、決して痩せているわけではなく、ほどよく筋肉質なのだろう。

「それに、筋肉つきすぎるとスーツがなあ……」

そういう悩みも出てくるのか。

運動するのはちょっと辛いものの、こうして新しい知識を得ること自体は、楽しいとも思えた。

普段運動しない人間が、軽くとはいえ運動をしたのだ。すぐに筋肉痛がやってきて、翌日の日曜日、碧は家のなかで大人しく過ごすしかなかった。

月曜日。今日は母の検査結果がわかる日だ。

いまだ痛い身体をどうにか動かし、病院へ向かう。

病室で母と話をしていると担当の医師が病室に来る。碧は母と共に検査結果を聞いた。

医師によると、母の腸にはポリープがあるとのことで、数日中に切除することになる。

けれど、それ以外の大きな疾患《しっかん》はないと言われ、ほっとした。

それでも、母の疲労は完全にとれたわけではないし、術後の経過観察もあるので、最低一ヶ月は安静にするようにと注意をされた。

医師が退室した後、母に仕事のことを聞く。

「会社は休めそう？」

「うん、ドクターストップじゃあしょうがないしねえ。上司には一ヶ月ぐらい休んでもいいって言われてるの」

「そっか、よかった」

「しっかり休んで、仕事に復帰するわ」

「母さん、仕事が嫌いじゃないのね？」

「んー、そうねえ。父さんを支えてるのも楽しかったけど、仕事をしているのも好きよ。定年までは働きたいと思ってる」

「そっか」

「碧は？　仕事どうなの？」

「んー」

母のことがあるため、ひとまず一週間、仕事を休ませてもらっている。

煌雅にはまだ伝えていないが、明日からは出社して、いろいろな手続きをしようと考えていた。煌雅との会社を辞めるという約束を反故《ほご》にしようとは思ってないが、だからといって積極的に仕事を辞めたいという気持ちがあるわけではない。

正確に言えば、働かなくてもいいのなら働きたくないが、自立していたいという気持ちがある以上、仕事を辞めたくはないのだ。

ただ、母のことも理由の一つとして会社を辞めるとは言いづらかった。

「まあ、それなりかな。大学に行って、社会に出て、自分がどれだけ箱入りだったのかってことには気がついた。そんな私を雇ってくれた会社には感謝してるし、多くを学ばせてもらえてよかったと思ってるよ」

「そう」

「……私、そろそろ帰るね。面会時間も終わりそうだし」

「ん、気をつけてね」

碧は病院を出て、歩きながらぼんやりと考える。

自分にとって仕事とはなんだろうか。少なくとも母のような情熱はない。

正直、なにかやりたいことがあったわけではなかった。日々の生活に慣れるのに必死で、将来の夢など考えたこともなかったのだ。

こうして仕事を辞めることになったいま、自分がどうしたいのかわからない。

自立していたいとは思う。誰かに人生を委《ゆだ》ねるのは不安だ。

いまは煌雅に囲われているみたいな状態だとはいえ、母の件が解決したあとは働いてお金を返すつもりでいる。その思いを忘れたわけではない。

煌雅は、再就職したいなら仕事を紹介してくれると言っていたが、彼の庇護のもとで働くというのは、自立しているとは言えないだろう。

ぐるぐると悩みつつマンションに帰り、軽く食事を済ませる。

煌雅は仕事で遅くなるらしく、食事は外で取ってくると連絡があった。

碧は、お風呂に入り寝る支度を終えて、煌雅が帰ってくるのを待つ。そうして夜の十時を過ぎた頃に、彼が帰宅した。

「ただいま」

「おかえり」

「どうしたんだ？　テレビもつけないで座って」

「うん、煌雅くんに話があって」

「……話？　おばさんになにかあったのか？」

「ううん、それは大丈夫。別の話。私、明日から会社へ出社するね」

「辞めるって話だったよな？」

煌雅の声がやや低くなった。苛立《いらだ》ったようにネクタイを無造作に外す。

「あのね。煌雅くんだってわかると思うけど、電話一本で終わりにはできないの。ちゃんと手続きをしてこなきゃ。小さい会社だけど、新卒で採用されてからずっとお給料を貰ってきたんだもの。

親切にしてくれた人もたくさんいたし、そういう人たちに挨拶《あいさつ》もせず辞めるなんてできないでしょ」

碧の言葉に、煌雅は唇をぐっとへの字に結ぶ。

(こんなところも、変わってないんだ)

煌雅は自分が理不尽なことを言っていると自覚しているのだ。けれど、感情の折り合いがつかない時、こんな表情になる。昔からそうだった。

「引き継ぎもあるし、しばらくは会社に行くよ。母さんのところには、会社に行った後で寄ることにする」

母が退院後、また二人で生活できるようにしたいと考えている。それに、煌雅には家事をすることで治療費を少しずつ返すという話だったが、いまの状況では十分なお返しになっているとも思えなかった。それならば、やはり働いて返したほうがいい。

けれど今日、母は最低一ヶ月は安静にしておくようにと言われた。数日後の手術まで時間があるし、会社をそんなに休んでいられない。申請などすれば、休職というかたちをとらせてもらえるが、小さな会社だ。碧がいなくなればその分、周りの人の負担が大きくなる。

辞めることを伝えてきちんと引き継ぎをしたら、退社後は母の傍にいて支えてあげたい。

しばらくは、少額とはいえ貯蓄でどうにかなるだろうし、母が動き回って仕事をしないように見張って、落ち着いたら就職活動をしよう。それに、せっかくならばもう少し給料がいい会社に転職できればと考えている。

いまの会社には感謝しているし、働き続けたいと思っていたが、給料はよかったわけではない。

あのアパートでなんとか二人暮らしできていたぐらいの額だ。

空き巣《あきす》のことを考えると、もうちょっとセキュリティがいいマンションやアパートに引っ越したい。そうすると、いまの給料では厳しいものになってしまう。

その上で、煌雅に出してもらった代金の返済は、母が完全に回復してから、時間がかかったとしても必ずやり遂げる。そう決めたら、少しだけだが心が軽くなった。

「……立つ鳥跡を濁さずだな。わかった、ただ一つだけ条件がある」

「条件？」

「俺が手配する車で通勤し、退社後はその車に乗って病院に行き、帰りも同じようにすること」

「いくらなんでも、そこまでする必要はないよ」

「碧の安全を考えると必要なことだ。それとも、スマホにＧＰＳアプリを入れるか？」

そう言われ、しばし考える。

アプリのほうがいいかもしれない。彼の心配は理解できるし、なにかあった場合、碧の居場所がすぐにわかったほうが安全だ。

けれど、逐一チェックされているようで嫌だという気持ちもある。

「そういうアプリって、勝手に周囲の映像を見られたりするじゃない」

「たしかに、そういうのもあるな」

「勝手に見ない？」

「緊急時以外は」

「じゃあ、逐一、私がどこにいるかも確認しない？」

「善処する」

「嫌だけど、送迎はもっと嫌だから、アプリにする。その上でどうしてもって言うなら、車は最寄り駅までにして」

「わかった。約束する」

「約束を破ったら？」

「……碧の判断に任せる」

それならよしと、碧はアプリをインストールした。


翌日、碧は数日ぶりに目覚ましの音で起きた。

「眠い」

自然に目が覚めるのと強制的に目を覚ますのとでは、やはり違うなと実感する。

いまは六時過ぎだ。煌雅はまだ眠っていた。

碧は眠る彼の頬を、指の背でゆっくりとなぞる。

その寝顔はとても綺麗で、少しだけ幼く見えた。けれど触ると、男性らしくひげが手に当たる。

しばらくそうしていたものの、時計を確認して、急いで着替えを済ませ洗顔をした。

鏡に映る自分の顔色は、先日より幾分ましになっている。

母の検査結果を知って安堵したからだろう。そして煌雅がいてくれることも大きな理由だ。頼れる人がいると、こんなにも表情が変わるものなのか。

煌雅がいなければ、母の検査もできなかっただろうし、ひたすら途方に暮れていたはず。

結局、いまも昔も、碧にとって煌雅は王子さまなのかもしれない。

洗面所を後にして、キッチンへ向かう。あまり時間がないので、簡単に作れるもので朝食にすることにした。

バットの中に牛乳と卵をといて、塩とこしょうで軽く味を調《ととの》える。そこに、食パンを浸《ひた》していく。その間にサラダを準備した。軽く浸ったのを確認して、バターをたっぷり引いたフライパンの中に食パンを入れ、チーズとベーコンを載せてから、もう一枚食パンを重ねて裏返す。

両面に焦げができるまで焼いたらお皿に移し、残った液に卵を加えてスクランブルエッグも作った。短い時間の中で、そこそこの朝食を作れたのではないかと満足な気持ちになる。

次は、スープも準備できたらいい。

六時十五分を過ぎたので、碧は寝室へ顔を出す。

煌雅も起き出していてベッドの上に座ってぼんやりとしていた。

「煌雅くん、おはよう」

「……はよ」

「眠そうだね」

「まあ、うん」

なぜか煌雅の言葉が濁る。

「どうしたの？」

「いや、なんでもないよ」

「そう？　朝ご飯できてるから、顔洗ってきて」

「……わかった」

煌雅が洗面所に行っている間に、コーヒーの準備をして作ったものをお皿に盛りつけ、テーブルの上に置いていく。

スーツに着替えた煌雅がやってきて、二人で朝食をとる。

「食パン二枚？　で、なにか挟んでるのか」

「そう。厚切りだともったいない食べ方だけど、八枚切りとかだといい感じに食べやすいの」

「うまいよ」

「ありがとう」

素早く朝食を済ませてから、碧は自分が使ったお皿を食洗機の中に入れた。

「私、先に準備するから、席を外すね」

「了解」

会社に行くために化粧をし、鞄の中身をチェックする。忘れ物がないかを確認し、リビングに戻ると残りの食器も食洗機の中にセットされており、煌雅はソファーでコーヒーを飲んでいた。

「そろそろ出られるのか？　一緒に出るなら駅まで送る」

「うん、お願い」

碧は珍しく彼の厚意に甘えることにした。

彼に負担がかかるわけではないのなら、素直に応じられる。

マンションのエントランスには、自分たちと同じように出勤をする人たちがちらほらといた。皆、エントランス前に停められた高級車に乗り込んでいく。

すぐに煌雅の車もエントランスに現れ、運転手が扉を開ける。煌雅に続いて後部座席に乗り込むと、彼が口を開いた。その視線は運転席に向いている。

「碧、こいつのこと覚えてるか？」

「え？」

「花ケ崎さん、俺ですよ俺」

「俺……って、もしかして米田《よねだ》くん？」

碧は運転手の顔を確認して驚いた。

「全然気がつかないから、忘れられてるのかと思いましたよ」

運転手――米田が嬉しそうに笑い、車を出発させる。

「ヨネ、碧は駅前で降りるから、そっちに寄ってくれ」

「了解です」

「なんで米田くんが煌雅くんの運転手を？」

ヨネ――米田は煌雅の三つ下の後輩で、碧とは同い年だ。

同じ学校に通ったことはないが、彼は煌雅について回っていたので、碧とも面識があった。

「俺、煌雅さんに憧れてずーっと追いかけまわしてたんですよ。んで、煌雅さんとこの会社の面接を受けたんですけど、落ちました」

「落ちたの……」

「そーなんすよ！　マジウケ！」

彼の父親はパチンコ関係の仕事をしていて、そのせいなのかよくわからないが、米田はとてもチャラいしゃべり方をする。頭は悪くないはずなのに、わざと軽い態度をとっているのだ。

「筆記は上位だったくせに、面接に金髪で来るからだ」

「いやー、やっぱ素のままがいいかなって思ったんですけどね。面接官の頭が固いんっすよ」

「最近できた会社じゃないんだから、当たり前だろ……」

煌雅はそんな米田を見捨てられず、自分の運転手として仕事をしてもらっているようだ。

「運転だけじゃなくて、雑用でもなんでもやるんで。花ケ崎さんも遠慮なくどうぞー」

「おい、窪塚だ」

「あ、そうでしたっけ？　窪塚さんっすね」

へらへらと笑っているが、米田の運転はとてもスムーズだ。毎日煌雅を会社まで送り届けているので、慣れているのだろう。

碧は米田に駅まで送ってもらい、そこで煌雅と別れた。

出社後、上司に休ませてもらったことへの礼と、午後に時間を作ってほしいことを伝えた。

座席に戻り、休んでいた間にたまった仕事を片付ける。そうこうしているうちにあっという間に午前中が終わり、七海と一緒にランチに出た。

「お母さん大丈夫？」

「うん、昨日検査結果も出て、特に問題はないって。まあ、ポリープがあるからその切除はあるけど、大丈夫」

「あー、本当？　よかったあ。心配してたんだ。こっちから聞いていいものかなあって悩んで聞かないでいたから」

「気を遣わせてごめんなさい。母さんのこと以外にもいろいろあったの」

「そうなの？」

「うん。それと、私、七海さんに伝えておきたいことがあって」

碧は、会社を辞めることを七海に告げた。

「えっ？　辞めてどうするの？」

「しばらくは母さんの療養に専念して、体調が落ち着いたら考えようかなって」

「別に一ヶ月ぐらいとかなら休職とかできるよ？」

「まあ、そうなんだけど……去年、忙しい時期に体調不良でしばらく休んだ子がいたでしょう？」

「あー、ああ」

それだけで彼女には伝わったようだ。

去年の繁忙期に、ある同僚が体調不良で一週間休み、その後体調が戻らないという理由で一ヶ月休職した。最初の頃は皆、しかたがないし大事がないことを祈り、心配をした。けれど、忙しい中で人の補充がされず、疲弊《ひへい》していったのを覚えている。

上から、休職であっても、その部署に在籍しているのであれば人の補充はできないと言われたのだ。

小さな会社は、休むというだけでも周りに迷惑をかけてしまう場合がある。

「それに、もう少し給料のいい仕事先を探そうと思って」

「それはわかる。うちの会社って給料よくないし、ボーナスもそんなに出ないからね。会社の人たちは決して悪い人たちではないのはわかってるけど、金銭的な面では、この先ここでずっと働くべきか悩むことあるもん。転職活動もお母さんのことも大変だろうけど、応援するよ」

「ありがとう」

「それに、碧が辞めても友達なのは変わらないし、時間が空《あ》いたらまたご飯しよう」

「うん、ぜひ」

そんな穏やかなランチ後、碧は上司にも、母の入院を理由に辞めることを伝えた。

この会社にはとても世話になっている。母と二人でやってこられたのは、ここで採用され仕事を教えてもらえたからだ。

世間とずれている碧を、社員全員で育ててくれた。感謝しても感謝しきれない。

「残念だけど、しかたないね。もし仕事に復帰したくなったら連絡して。いつでも人事にかけ合うから」

「ありがとうございます」

人に裏切られ、悪意にさらされたが、こうして親切な人たちにも恵まれた。一人ではないのだと実感できる。

碧は今週いっぱいで引き継ぎをし、その後は有給を消化することになった。

多くを任せられていたわけではないが、碧が主に行っていた仕事もある。それらをわかりやすいように纏《まと》め、誰でも閲覧《えつらん》できるように共有のフォルダに入れる。

一人、遅くまで会社に残っていて、気がつけば夜の八時を過ぎていた。

「帰らないと」

今から帰ると帰宅は九時を過ぎてしまうだろう。どこかで食事を取ってから帰ろうか悩みながら、帰り支度を済ませて会社を出た。

電車に揺られていると、乗る線を間違えて結局十時ぐらいにマンションにつく。

身体に染みついていたせいか、アパート方面の電車に乗ってしまったのだ。

碧は帰宅だけで疲れてしまい、洗顔とスキンケアをしてベッドに潜《もぐ》り込む。

そういえば、煌雅がまだ帰宅していないことが気になり、スマホを手に取る。彼から遅くなるという連絡が入っていた。

煌雅も連日いろいろと用事があって大変だと、うとうとしながら思う。

翌日、目覚ますと煌雅はいなかった。

もしかして寝過ごしたのかと焦ったが、まだ朝の五時半だ。昨日はお風呂に入らず寝てしまったので、シャワーを浴びようと思い、早めに目覚ましをかけていた。それなのに、いないというのはどういうことなのか。

スマホに煌雅からの連絡がないかを確認する。すると、夜中の二時過ぎに【飲みすぎた。近くのホテルに泊まる。あと、明日から出張でしばらく帰れない】と連絡が入っていた。

「……いないのか」

碧は、シャワーを浴びて会社に行く準備を済ませ、パンをかじってからマンションを出る。すると、米田が車を回して待っていた。

「おはようございます！」

「おはようございます。煌雅くんについていなくていいの？」

「いいんすよ。今日から出張で、俺は手が空《あ》いちゃうんで、窪塚さんの送迎を仰《おお》せつかりました！　なので、よろしくっす」

「よろしくお願いします」

軽く頭を下げて、昨日と同様、駅まで送ってもらうことにした。

「会社の前まで送りますよ？　本当にいいんですか、駅で」

「うん。車で会社の送迎なんてしてもらったら、ずるずる甘えちゃうから」

「なんというか、真面目ですね」

「真面目っていうのかな、これ？」

「俺にはそう見えるっすよ。自分のこと戒《いまし》めて、真面目であろうとしてるように見えます
真面目であろうとしている。それは頭が堅いということなのか、それとも碧自身がそういう風に
自分を縛っているように見えるということなのか。

「着きました！」

悩んでいたら米田が車を降りて、ドアを開けてくれる。

「ありがとうございます」

「いえ、帰る際はこちらに連絡をください。どこにでも迎えに行くんで！　あ、これ煌雅さんから
の命令なんで、よろしく！」

「あ……はい」

貰った名刺の電話番号をスマホに登録して、名刺を鞄の中に入れる。

「真面目……かあ」

たしかに真面目は真面目だろう。そういう風に育てられてきた自覚もある。ただ、面白みがない
と言われている気もしてしまった。

こういう時、もっと素直に受け止められたらと思う。

小さくため息をついて、電車のホームへ向かった。

帰りは、駅まで米田に迎えにきてもらい、病院に寄って母と話をしてから帰宅する。一人での食
事は作るのが億劫《おっくう》で、卵かけご飯だけで済ませた。

面倒くさいと思いながら、今日はジムの予定の日だったので一人でもジムへ行く。先日、煌雅と

ジムに行った後で、運動用のウェアとシューズを貰ったため、今はそれを着用している。

スウェットとTシャツでよかったのだが、せっかく用意してもらったものを着ないでいるのももったいない。煌雅には、勝手に用意しなくていいと言ったけれど聞く耳を持ってくれなかった。

煌雅に教えてもらった通りに筋トレと有酸素運動をしたが、やはり見張ってくれる人がいないと自分を追い込むことができない。それでも自分なりにメニューをこなして部屋へ戻った。

お風呂に入って、大きなベッドの片隅に、一人ごろんと寝転がる。

昨日は疲れていたのでなにも思わなかったが、こうして一人でいると、このベッドがとても広かったと思い出してしまう。

煌雅が隣に眠るようになって一週間が過ぎ、毎朝彼の傍で目を覚ます。その幸福感にあらがえず、いまだに自分用の布団を準備できていない。

引っ越しの際、持ってきてもらったのだが、荷物は煌雅に任せてしまっていたし、煌雅の弟が使っていた部屋がどこなのかもわからない。早く一人で眠っていたあの頃に戻らなければならないのに。

碧は毛布を頭まで被り、身体を丸くして眠りについた。


煌雅が出張に行ってから数日経ち。今日はもう金曜日だ。

碧は最後の出社をした。急な退職だったのに、会社の人たちから花束や餞別《せんべつ》を貰う。

その後、都合をつけられた人たちだけで食事に行き、煌雅のマンションに戻ったのは夜の十時過ぎになった。

碧はバケツに水を張り、花を活ける。

「花瓶はあるのかな」

棚の中を探すがそれらしきものは見つからない。煌雅が帰ってきたら聞いてみて、なければ買いに行こう。

紅茶を淹《い》れて、バルコニーに出る。

外はマンションや複合施設、タワーなどが光っている。この時間でも、まだ働いている人たちがいるのだ。そんなことにすら、昔は気づかなかった。本当に世の中を甘く見ていたのだと思う。

しばらくすると、玄関の扉が開く音がした。煌雅が出張から帰ってきたのだろう。

碧はバルコニーに続く窓を施錠して、迎えに出た。

「ただいま」

「おかえり、煌雅くん」

「悪かったな。放置して」

「子どもじゃないんだし、大丈夫だよ」

一緒にリビングへ戻り、彼のためにコーヒーを淹《い》れる。

「このところ、何して過ごしてたんだ？」

「会社へ行って、母さんのところへ行ってって、感じだよ」

「会社……」

「今日で最後。しばらく有給消化して、来月半ばに正式に退社になる」

説明すると、煌雅は気のない返事をし、キッチンに顔を向けた。

「キッチンの、バケツに入ってる花は会社から？」

「うん。花束を貰うことなんて滅多にないから、嬉しかった。……そういえば、母さんのことなんだけど」

「ああ、こっちにも医者から電話があったよ。明日ポリープの切除なんだろう？　それが終わったら退院って聞いたよ」

「それで……母さんと住む部屋なんだけど……」

「そうだったな。忙しくて部屋に連れていけず、悪い」

碧は慌てて首を振る。

「それはいいの、煌雅くんは出張でいなかったんだし。今すぐ見せてってことじゃないから。今日はお風呂に入ってゆっくりして。疲れてるでしょう？」

「ありがとう……部屋のことは準備が終わってる、明日にでも一緒に行こう」

「明日は用事はないの？」

「出張を終えての土日だからな。ただ、午前中は少し出かけるが、午後には帰ってくるよ」

そんな会話をしてから、彼は風呂に向かう。

碧はマグカップを片付けた。煌雅と入れ替わりに風呂に入り、二人でベッドに寝転がる。

彼の存在を感じて眠るのは数日ぶりだ。なぜかとても心拍数が速くなる。

「そ、そうだ。煌雅くん、この家って花瓶あるの？」

妙に焦って、疲れているだろう煌雅に話しかけてしまう。

「どうだったかな。なかった気がする。実家から持ってくるか？」

「ううん。ないなら、小さいやつを買うからいいの」

すると煌雅が少し離れていた碧の傍まで身体をずらした。そして、以前のように抱きしめる。

彼はいつも碧をただ抱きしめる。

そっと彼の顔を窺《うかが》う。煌雅は目を瞑って静かに寝息を立てている。

もうすぐ、この生活ともお別れだ。母が退院するのであれば、母と一緒に住むことになる。彼の傍にこうしていたけれど、結局、碧は彼になにかしてあげられなかった。

ただ頼って、ただ甘えていただけだ。

ざわめく気持ちを抑え、碧も彼の香りに包まれて眠りについた。


翌朝。目を覚ますと煌雅はすでに出かけていた。

碧はぼんやりとベッドの上に座る。

しばらくそうしていたものの、今日もやらなければいけないことがあった。

身体をぐっと伸ばしてから、窓のカーテンを開ける。太陽の日差しが気持ちよく降り注ぐ。とてもいい天気だ。

朝食を済ませ、母の病院へ向かった。

手術はそんな難しいものではなく、すぐに終わると聞いてはいるが、やはり心配だ。

それなのに母はあっけからんと笑顔で病室を出ていった。

病室で母の戻りを待っていると、煌雅が現れる。

午後はマンションの下の部屋を案内してくれると言っていたが、病院に来るとは思わなかった。

「煌雅くん」

「おばさんは？」

「手術中。すぐ終わるって話だけど」

「そうか」

彼は碧の隣に座る。一人で待つ心細さから解放されて、碧はそっと息を吐いた。

「用事は終わったの？」

「ああ、これでしばらくは落ち着いて碧の傍にいられるよ」

その言葉にも、ひそかに勇気づけられた。

しばらくすると、看護師が母を病室につれてくる。

「無事終わりましたよ」

その言葉通り、母の顔色は悪くない。そろそろ麻酔が醒《さ》め始めているらしく、ぼんやりと意識もあるようだ。

「先生から後ほど説明があるとは思いますが、今晩何事もなければ明日には退院になります」

「わかりました。いろいろと、ありがとうございます」

「いえ、なにかありましたらナースコールを鳴らしてください」

その後、さほど時間が経たないうちに、母は本格的に覚醒《かくせい》した。

「どうだった？」

「痛くはなかったんだけど、準備が辛かった。ご飯を食べちゃ駄目だし、腸の中を綺麗にしなきゃいけないしで……この後も、数日は刺激物を食べないほうがいいっていうのよ。あー、病院食は悪くないけど、濃いものが食べたい」

「ラーメンとか？」

「んー、それもいいけど。スンドゥブとか」

「一番駄目なやつだと思う、それ」

碧が呆れると、母は煌雅へ視線を移す。

「煌雅くんも、来てくれたのね。ありがとう」

「いえ、俺が勝手に来ただけですから」

「それでも、ありがとう」

母は、煌雅の手をぽんぽんと叩き、微笑んだ。

その顔はとても穏やかで、そんな笑顔は久しぶりだと碧は下唇を噛む。

「おばさんが退院したら、どこか旅行にでも行きませんか？　数日、温泉でゆっくりというのもいいと思うんです」

「あら、いいわね。温泉、入りたいわ」

「では、手配します」

「ありがとう」

その後、母が眠り始めた頃、先生がやってきて術後の説明をしてくれる。気をつけなければならないことを聞き、先生にお礼を言ってから、碧と煌雅は病院を後にした。


二人でマンションに戻ると、碧は煌雅の弟が使っていた十九階の部屋に案内される。

碧はこちらの部屋のカードキーにも顔認証を設定してもらうことになった。

「弟さんと出くわすことってある？」

「いや、あいつのカードキーは利用停止にして、顔認証の登録も消してもらった」

「え？　いいの？」

「いいんだよ。あいつ、酔っ払うと記憶をなくすタイプで、忘れてこの部屋に来る可能性があるからな。カードキーが変わってれば勝手に入れなくなるから安心だ。それで俺がエントランスに呼び出されたら迷惑だけどな」

「仲、悪かったっけ？」

「いや、普通だよ。男兄弟なんてそんなもん」

碧は煌雅の弟とはほとんど面識がない。

煌雅の父がパーティーに連れてくるのは嫡男だけのことが多かったし、碧が彼の家に遊びに行った時も活動的な弟はよく外出していて、滅多に遭遇しなかった。

部屋は綺麗に掃除されており、埃《ほこり》一つ落ちていない。

「定期的にハウスクリーニングを頼んでるんだ。おばさんが必要なければ、契約を止めて。あいつが寝るためだけの部屋だが、前にも言った通り家電は一通り揃ってる。ただ、料理関係のものはないんだよ」

「それは大丈夫だよ。前の家から持ってきたものがあるはずだから。なにからなにまでありがとう」

「いや。ほんとは管理費だって貰わなくてもいいんだ。だが、それだと嫌だろう？」

「……うん」

「そのあたりの契約書は今度渡すよ」

ため息をつく煌雅と部屋に戻った。

碧が作った夕食を済ませた後、彼は書斎で仕事を始める。

碧はクローゼットに向かい、自分の服と煌雅が用意してくれた服をぼんやりと眺める。本来であれば、片付けをして碧も母と一緒に住むために準備をするべきだ。

そんなことはわかっている。

けれど、やりたくないという気持ちが強いせいか、全く片付けることができない。

普段の碧であれば、さっさと片付けをして煌雅にお礼を言っていた。そして今後は母の様子を見ながら、次のアパートを決めて引っ越しをし、転職活動をしなければならない。

クローゼットの棚に飾っていたテディベアを手に取って抱きしめる。

碧が唯一、素直になれる瞬間。

煌雅と過ごした時間はあまりにも幸せだった。ただ、一緒にいられるだけでこんなにも世界が色鮮やかになるとは思わなかった。

もう一度だけ、一目見られればそれだけでいいと思っていたなんて嘘だ。

見つけてもらいたかった。気がついてもらいたかった。

彼がまだ独身だと知った時、嬉しかったのだ。

何気ない会話や、碧が作ったご飯を美味しそうに食べる顔。

〝おかえり〟と〝ただいま〟。

まるで叶えられなかった恋が成就《じょうじゅ》したような気持ちになってしまっていた。

こんな気持ちになるくらいなら、あの日気がつかずに立ち去って、迎えになんてこないでほしかったのに。

どんなに予防線を張っても、この気持ちを消すことができない。埋められていた種に水が降り注ぎ、育ってしまった。

ずるい女でごめんなさいと心の中で呟く。

下唇を噛み、テディベアにぼたぼたと滴《しずく》を零《こぼ》す。

彼からなにか言われるまで、この儚《はかな》い生活を続かせてください。

その一方で、甘えたくはないし、金銭面で寄生したくはない。それだけは嫌だ。

ぐしぐしと、手の甲で涙を拭いた。

彼のことを頑《かたく》なに拒み、囲われたくないと反発するくせに、傍にいたいと願っている自分を勝手だと思う。

それでも、七年という長い時間が過ぎたというのに忘れらなかった人が、まるで自分を恋人のように扱い、傍に置き、大切にしてくれる。

それを嬉しいと思わない人はいないだろう。

この先のことはわからない。彼が碧をどうしたいのかも不明なままだ。

それでも、あと少しだけ傍にいさせてほしい。

彼の笑顔を間近で、見させてほしい。

第四章　好いた水仙、好かれた柳

碧が彼の部屋に住むようになってから、半月が過ぎた。

煌雅が何も言い出さないのをいいことに、碧は彼の部屋に居続けている。

退院後、下の部屋に引っ越してきた母はしばらく仕事を休み、友人を呼んだり趣味を見つけたりと楽しく過ごしていた。

退院後、引っ越してきた母は、自分の荷物と最低限のものしかない部屋と碧を見て「ふうん」と頷いた。

そして「碧の好きにすればいいと思うわよ。母さんも好きにするから大丈夫」と笑って言ったのだ。

どうやら、碧が煌雅と付き合っていると勘違いしているらしい。けれど碧自身、いまの感情や彼との歪《いびつ》な関係を説明することはできない。

だから、そのまま勘違いしてもらっておいたほうがいい。

いつか母に泣きつくかもしれないし、一生なにも伝えないかもしれない。

碧は時々、母の様子を見にいき、部屋の掃除をして食事を作っているが、どうにも時間が余ってしまう。安静にしなければいけないとはいえ、何か特別な治療の必要はない母は、自分でも家事全般をこなせる。

これではなんのために会社を辞めたのか、わからない。

もちろん、生活は楽なほうがいいし、好きなことをする余裕にあこがれたこともある。

けれど、いまの碧は、ただ煌雅の厚意に甘え、とても無意味に時間を過ごしている気がするのだ。

こんな生活が長く続くわけがない。すべては煌雅の気まぐれによるものなのだから。

ましてや、煌雅は財閥の御曹司《おんぞうし》だ。年齢からいってもそれほど遠くないうちに、しかるべき令嬢と見合いをして結婚するだろう。

それに、彼に支払ってもらったこれまでの費用はきちんと返済したかった。

時間を持て余している状態ならば、転職活動の準備をするのが一番いい。母が仕事に復帰する頃に合わせて、碧も仕事を見つける。仕事が見つかった後、引っ越し先を決めよう。

仕事を見つけていないのに引っ越すのは、正直リスクが高すぎる。

しかし、ネットで求人を探してため息をつく。

碧には特別な資格はないし、前の会社を辞めてから期間が開くと、それだけで不利になるとも聞いた。だから早く、見つけねばならない。

そんなふうに思っているのに、碧はずるずると悩んでいる。

どんな理由であれ、新しいなにかにチャレンジできる機会を得た。

とにかく仕事を決めなければではなく、碧自身が楽しいと思えるような仕事に就《つ》きたい。

そのためにはどうすればいいのだろうか。

碧は再びため息をつき、作ったおかずを持って、母の部屋へ向かった。

インターホンを鳴らすと、すぐに返事がある。

「はいはい」

「おかずを作ったから持ってきた」

母が玄関を開け、中に招き入れてくれた。

テーブルの上には、旅行の冊子などが置いてある。

「まだ完璧によくなったわけじゃないんだから、あんまり張り切らないようにね」

母は倒れる前より活動的になり、楽しそうに暮らしている。昔の友人と交流を再開したのも大きな理由だろう。

喜ばしいことではあるのだが、完全に復調したわけではないのだし、無理をすればまた倒れないか、碧は不安だ。

「大丈夫よ。どうせ、もう少ししたら仕事に復帰するんだし、今のうちに遊んでおかないともったいないじゃない」

「気持ちはわかるけど、あんまり心配させないで」

「ふふ、母さん今とっても楽しいの」

母はにこにこと笑う。

碧が煌雅と付き合っていると信じている母は、彼の存在にも安心しているのだ。

それは、この数年得られなかった、平穏。

心配の種であった娘が、他の誰かに守られている。たとえ自分がいなくなっても、代わりに支えてくれる人がいる。

そんな彼女に、実は付き合ってはおらず仕事を辞めていて、彼の家のことをすることで治療費の返済をしているとは言えるわけもない。母には、煌雅がうまく説明をしてくれているらしいけれど、そもそも治療費の額もわからない。

あれは碧を頼らせるための措置《そち》だったということは理解しているが、こうも宙ぶらりんな状態だと悩みが増えるばかりだ。

仕事を再開してお金を貯めて一気に返済するか、毎月少しずつでも返済をしなければ、このもやもやとした気持ちが晴れることはないだろう。

結局、この日も母と少しだけおしゃべりをして、部屋に戻る。

夜の七時を過ぎた頃、煌雅が帰宅した。

「おかえり」

「ただいま」

碧は彼を出迎え、後についていく。特にそうする必要はないし、そうしろと頼まれたわけでもないのだが、なんとなく彼の傍にいたいと思った。

「碧。来週の日曜日、用事はあるか？」

「ううん。特にないよ」

「よかった。会社のパーティーがあるから、一緒に来てほしい」

「え？　パーティーに？」

その申し出には躊躇《ちゅうちょ》を覚えた。

正直、いまさらパーティーになんか出たくはない。昔の知り合いに会う勇気がなかった。

自分は変わった。あの頃から体重は増え、髪の手入れも悪く、手だって水仕事をする人間の荒れた手になっている。

「……着るドレスがないよ」

「用意する」

「前のサイズのは、着られないよ」

「今のサイズのものを作ればいいだろう？」

どうにか断ろうとしているのに、煌雅はなにを言っているんだとばかりに首を傾げる。

「いやよ。着こなす自信……ないもの」

「碧はなにを着ていても綺麗だよ。俺が保証する」

煌雅はそう言ってくれるが、どう考えたって以前のようには似合わないだろう。

靴だってずっと踵《かかと》の低いものばかり履《は》いていたから、もうピンヒールを履《は》くのは辛い。

黙ったまま頷かない碧に、煌雅が言葉を続ける。

「――なら、これはおばさんの入院費のうちだと思って」

碧は、はっとして顔を上げた。

また、こんなかたちで彼を困らせてしまった。こんな言い回しをさせてしまった。

成長も、反省もできていないではないか。

けれど、そうやって彼が言ってくれたのだ。

彼のために全力で取り組まねばならない。

「わかった」

碧は、はっきりと頷いたのだった。


それからの一週間、碧はジムに毎日通って身体を絞ることにした。

まず現状の確認をしようと、風呂場で自分のことをじっと見る。筋トレと運動を始めたおかげで、以前よりはマシにはなっているように思えた。けれど、やはりすぐに体重が落ちたわけでも、身体のラインが綺麗になったわけでもない。

前より少しマシを、前よりだいぶマシにしよう。

無理のしすぎはよくないとわかっているが、有酸素運動の時間を増やして代謝をよくする。食事も、夜は白米を玄米に変え、野菜を中心に蒸しと茹《ゆ》でだけで調理した。煌雅には物足りないと思うので、別料理を作っている。

煌雅は、そんな碧の食事を見て心配するし、もう少しカロリーを取れと言ってくるが、この一週間が勝負なのだ。ここで誘惑に負けたら、自己嫌悪で自分を殴りたくなる。

煌雅の甘い誘惑をどうにか振り切って、これでもかとストイックに運動と食事制限をした。後でリバウンドしやすいが、今はそんなことを言っていられない。

また、ここ数年はずっとヒールの低いパンプスや運動靴を履《は》いていたので、ドレスに合うピンヒールを履《は》く練習をした。安いピンヒールを購入して、ひたすら廊下を歩き回ったのだ。

一足履《は》きつぶす頃には、踵《かかと》の靴擦れも少し落ち着いた。

それにマナーについても勉強をし直した、以前習っていたとはいえ七年前の記憶と作法だ。最新のものにしておかなければ煌雅に恥をかかせてしまう可能性がある。

自分にやることを課してみると、とても楽しくなっていく。

運動もたくさんしたおかげか、一週間で二キロ体重を減らし、以前よりトータル五キロほど減った。

やはりダイエットするには運動と食事制限がいいのだろう。

五キロ減ったからといって、見た目として絞られたかと問われると、そういうわけでもない。あいかわらず、むちむちとしているしお腹もぷにっとしている。胸のサイズも変わらなかった。

やはり筋トレをしないと駄目なのだろうか。

そんなことを悩んだりするが、もうタイムリミットだ。

諦めた碧は、煌雅に指示された場所に向かう。

「ここって」

そこは以前、碧が憧れていた服飾のお店だった。

有名デザイナーが個人で出しているショップで、ドレスがとても優美なのだ。飾りはほとんどなくシンプルなのに、カッティングがとても華やかで独特の柔らかな色が特徴である。

「いらっしゃいませ」

「あ、あの、九条の名前で予約している者ですが」

「承《うけたまわ》っております。奥にどうぞ」

このお店は販売だけでなく、トータルプランというサービスの提供がある。

買った服をその場で着替えて、服にあわせてメイク、ネイル、髪のセットをしてくれるのだ。

そのコーディネートはオーナー自《みずか》ら行う。

煌雅は、碧がそのサービスに憧れていると話したことを覚えていたのだろうか。

「まず、サイズを測りますね」

「え？　ここで測るんですか？」

「はい、少しお時間いただきますが、よろしくお願いいたしますね」

既製のサイズを告げればいいものだとばかり思っていたが、なぜか細かくサイズを測られる。

これからオーダーメイドの服をお願いするわけでもないのに、なぜそこまでするのだろうか。やはり、プロの拘《こだわ》りということか。

その後、メイク、ネイル、ヘアセットをされ、最後に指定されたドレスを着た。

選ばれたのはシルバーの総レースドレス。

薄くて軽《かろ》やかなレースが何重にもなり、動くたびにふわふわと裾が広がる。デコルテも総レースで、そこから花模様の刺繍《ししゅう》が腰まで咲き誇っていた。シルバーの布地に白一色の刺繍《ししゅう》は、とても美しい。


けれど、鏡に映る自分を見て、碧は以前の体重であればもっと素敵に着こなせたのにと嘆いた。

それでもドレスが綺麗なことに違いはない。髪もメイクも完璧だ。

用意されたピンヒールを履《は》き、胸を張って外に出る。

店の前では、高級車を従えた煌雅が待っていた。碧に手を差し出す。碧はその手をそっと取った。

「綺麗だ」

「……ありがとう」

「うん、やっぱりそのドレスがいいな」

「煌雅くんが選んだの？」

「いや、すべて任せたんだが、そのドレスが一番似合うと思ってた」

碧は、嬉しさと気恥ずかしさで視線を落とす。彼の目をまっすぐ見られない。

「さて、行こうか」

「うん」

車で会場のホテルまで送られ、煌雅にエスコートされて会場入りした。

すでに集まっていた人々が二人に注目する。

久しぶりのその視線に、碧は少しばかり怖《お》じ気《け》づきそうになった。

「大丈夫か？」

「平気」

けれど、ぐっとお腹に力を入れる。

これが、初めてのことではない。

かつてパーティーに出れば、必ず誰かに見られていた。その緊張感を思い出すだけだ。

まずは煌雅と共に、煌雅の両親のもとへ行く。

「父さん、母さん」

「あら、煌雅。やっと来たの」

「お久しぶりです。おじさま、おばさま」

「碧ちゃん……久しぶりね。元気そうでよかったわ」

碧が挨拶《あいさつ》をすると、煌雅の母は目尻に涙をためて抱きしめてくれた。煌雅の父も優しい笑みを浮かべている。

「あんなことがあって、碧ちゃんたちがいなくなってしまって。とても心配してたのよ」

「すみません。あの頃、多くのことがありすぎて周囲に目を向けることを忘れていたんです」

「いや、しかたないことだ。君はまだ高校生だったのだから」

「また、こうしてお二人に会えてとても嬉しく思います」

「ええ。これからも、煌雅のことをよろしくね。もちろん私たちとも仲良くしてちょうだい」

「これからは、実の父だと思ってくれていいんだ」

「……っ？」

なぜ、煌雅の両親がそんなことを言い出すのか理解できず、返答に困る。これはいったいどういうことなのだろう？

煌雅に視線を向けると、彼は目をそらした。

しばらく会話を続けた後、彼の両親と離れ、小さな声で問う。

「どういうこと？」

「さあ？」

「さあ、じゃないわよ。おじさまもおばさまも、まるで私がお嫁に来るみたいなこと言っていたよ。何か誤解しているんじゃない？」

「いいじゃないか、それで」

「よくない」

「いいんだ」

煌雅はむっとした顔で、話を終わらせてしまう。

もっと強く問いただしたいが、ここは人の目がある。

碧は一旦あきらめて、笑みを絶やさず煌雅に挨拶《あいさつ》にくる人との会話をした。

人が途切れ始めた頃、ふいに、ぐいっと誰かに手を引っ張られる。

「え？」

「碧ちゃん！」

手を掴んでいたのは、よく一緒に過ごしていた高校の友人だった。

「里奈《りな》さん」

「本当に、碧ちゃんだ」

里奈は碧のことをじっと見つめる。約七年という月日があり、見た目だって変わったはずなのに、お互いすぐ相手が誰なのか理解した。里奈は切なそうに目を細める。

「碧ちゃんの馬鹿……どうして、急にいなくなっちゃったの。新しい連絡先を教えてくれなかったの」

「……ごめんなさい」

謝ると、里奈はぼろぼろと泣きながら首を横に振る。

「碧ちゃんがあんなことになって、落ち着いてから電話しなきゃって思ったら、繋がらなくなっちゃった」

「あのスマホは料金を父に払ってもらっていたから、名義変更しなきゃいけなくて、その時、電話番号も変えちゃったの。みんなに連絡しないままで過ごしてたら、どんどん連絡できなくなって」

「そんなことよかったのに。一言元気だって言ってくれればよかったのよ」

「そうね、そうすればよかったのよね。でもあの頃は混乱してて、そんなこともわからなかったの。

里奈さんにまた会えて、嬉しい」

「うう、碧ちゃあん」

里奈は碧に抱きつき、ぐすぐすと鼻を啜《すす》る。すると、ずっと隣にいた煌雅が、会場のソファーを指さした。

「あそこのソファーで話してきたらどうだ？」

「ありがとう」

「何かあったら、連絡してくれ」

碧は里奈と会場を出て、近くのソファーに腰をかける。

「里奈さんは、どうしてたの？」

「高校を卒業して、短大に行って、お父様に勧められた人と結婚したよ」

「今日、旦那さんは？」

「会場にいる。碧ちゃんを見つけて、置いてきちゃった」

「大変じゃない。捜す？」

「大丈夫だよ。あの人、私を見つけるの得意だし」

里奈の旦那さんはとても優しい人らしい。彼女も結婚生活に満足しているという。旦那さんの帰りを待ちながら、日々を楽しく過ごしているそうだ。

「暇な時間はなにをしてるの？」

「お花や、お茶の稽古《けいこ》に行ったり、友達とランチに行ったり。碧ちゃんは？」

「いまは私も同じようなもの。煌雅くんにお世話になりっぱなしなの」

「でも、煌雅くんもよかった」

「どうして？」

「どうしてって、煌雅くんに聞いてないの？」

里奈とはよく一緒に遊んでいたので、煌雅とも面識がある。そのため、碧がいなくなった後の彼のことを知っていた。

「碧ちゃんが大変な頃に、煌雅くんもいろいろあったみたいで……」

碧の父が倒れる少し前、煌雅の弟は事故に遭っていたようだ。なんとか碧の父の葬儀には駆け付けたものの、その時の煌雅には碧を助ける余裕はなかった。そしてごたごたが一段落ついた頃には、碧は周囲とコンタクトをとらなくなっていたということだ。碧との連絡手段が絶たれ、途方に暮れていたらしい。

「それでちょっと荒れてたみたいなの。でも急に真面目に戻って学校に通うようになったそうなの」

「そうなんだ」

「煌雅くん、ずっと碧ちゃんのことを捜してたんだよ。私にも時々、連絡がないかって聞いてきたもの」

「知らなかった」

「しょうがないよ。碧ちゃんは碧ちゃんで自分のことに必死だったんでしょう？　でも、よかったね。再会した碧ちゃんと煌雅くんが一緒にいるところを見られて、凄く嬉しいよ」

煌雅があの頃、自分を捜してくれていた。

その事実が碧の心の奥深くの傷をいやしていく。

やはり拒絶したのは自分のほうだったのだ。周囲は、煌雅は、手を差し伸べようとしてくれていた。

その後も碧は、他の友人たちがどうしているのかを教えてもらう。

かなり長く話し込んでしまい、里奈の旦那さんが迎えにきた。

今度一緒にランチを取ろうと約束をし、彼女とは別れる。会場に戻った碧は、煌雅の姿を捜した。

すぐに彼の姿を捉える。

彼はいつでも、どこにいても、碧の視線にとまる人だ。

碧は彼の傍に戻り、彼の腕に自分の腕を絡ませた。

彼に再会してから、はじめて自分の心に素直になれた瞬間だった。

「おかえり」

「ただいま」

「楽しかったか？」

「うん。久しぶりだったから……ねえ、煌雅くん」

「ん？」

「煌雅くんは、私を捜してくれていたの？」

煌雅は碧の質問に答えることはなく、視線を逸らした。けれどその表情が答えを雄弁に語っていた。

期待していいのだろうか。儚《はかな》い夢ではなく、現実として見ていいのだろうか。

パーティーが終わる頃、再び煌雅の両親が二人の傍にやってくる。

「二人とも、今日はどうするんだ？」

「どうするって？」

「このホテルに泊まるなら、フロントに言えば鍵が貰える。好きにしてくれていい」

「父さんたちは？」

「今日はここに泊まって、明日の朝一で帰るよ。用事もあるしな」

「明日は母さんの買い物に付き合ってもらう予定なの」

「そっか、わかった」

煌雅が碧のほうを見る。その瞳がどうすると問いかけていた。

「……せっかくだから泊まっていく？」

「っ。そうだな。フロントで鍵を貰ってくるよ」

「うん」

これまでであれば、碧はマンションに帰ると言っただろう。

けれど、いまは彼のマンション以外の場所で話がしたかった。彼の部屋に戻ったら、主導権が彼にあるように感じてしまうから。

これまで、きっちりと彼と話をしてはこなかった。

どうしてと自分の中で悩み、考えながらも、問題を先送りにしてきたのだ。

でも今日、煌雅の両親は自分と煌雅の関係を誤解していた。それは、煌雅がそうさせたのかもしれないし、ご両親が勝手に誤解したのかもしれない。

正直期待をしてしまったのだ。もしかしたら、彼も同じように自分のことを好きでいてくれるのではないかと。そうであってほしいと。

自分がひどく浅ましく思えるけれど、いい加減、彼と腹を割って話をしなければ。


碧は煌雅と一緒にリザーブしてある部屋に向かった。

扉を開けた瞬間、目の前に広がる夜景に息を呑む。

質のいいキングサイズのベッドに寝転ぶと夜景が視界に入る配置になっており、朝起きた瞬間もいい眺めが見えそうだ。

ゆったりとして豪華なソファーや、和式の肩まで浸《つ》かれそうなお風呂までついている。

そのお風呂からも夜景は眺められる。開放的だ。

ところどころに飾られている生け花の香りが鼻腔をくすぐる。

煌雅が窓の近くのソファーに座った。

碧も用意されていた水を手に、向かいに腰をかける。緊張でからからになった喉を潤《うるお》した。

「……煌雅くんはさ、私の時間を貰うから家のことをしてほしいって言うけど、実際どうしたいの？」

「どうしたいって？」

「だって、何かを要求するわけじゃないでしょう。ただ、少しの掃除とご飯を作るぐらいだもの。母さんの治療費を返済するというかたちにするには、あまりにも対価が合わないよ」

それは煌雅が一番よく理解していることだろう。

碧はそんな彼に甘えている。このままではいけないと思いながら、このまま甘えていられればと考えてしまうのだ。

「別に、そうしたいと思ってるからしてる」

「どうして？」

「どうしてって……なんだよ。いきなり」

「私は、昔みたいに人を信じられなくなってるの。世の中には自分に悪意がある人がいるってことを知っちゃった。だから、親しい人でもすぐには信じられない……」

手を伸ばせば、誰かが助けてくれたあの頃とは違う、救いを求めて伸ばしたその手を叩かれることがあると、身をもって知った。

「それに、自分で働いて生きていけるようになった。おかげでお金の価値がわかったの。助かったし、ありがたいけど、煌雅くんにお金を出されるだけだと不安になる」

「俺は、ただ……くそっ」

煌雅は頭をぐしゃぐしゃとかき乱す。

「なんでわからないんだよ。ただの知り合いにここまでするわけないだろ。碧だから助けようと思ったんだよ。それなのに、頑《かたく》なに拒んだのは碧だろ」

その通りだ。彼はただ純粋に助けようとしてくれたのかもしれない。

けれども、見返りも求められず、借りだけが増えるのはとても怖いのだ。

それに、彼の傍にいるだけで彼のことが大好きだった自分が顔を出し、その感情に支配されそうになる。

そうなれば、彼に甘えてなにも考えなくなってしまうだろう。

けれど、それは碧にとって不安で居続けることと同義だった。

彼の家が倒産したり、碧の家のように乗っ取られたりがないとは限らない。そうなった時に、もう一度立ち直って進む強さがあるとは限らない。

それならば、何が起ころうと大丈夫だと胸をはれる状態でいたかった。彼になにかがあった時、今度は自分が助けられる、支えられる人間でありたい。

「碧に何かしてやるには条件を出すしかないと思ったんだ」

「だから、あんなこと言ったの？」

「そうだよ。でなきゃ、時間を買うなんて馬鹿みたいなことを言うわけないだろ。目が届くところにいてもらいたかっただけで、やってもらいたいことなんてないんだからな」

「私を助けて、煌雅くんに依存したらどうするつもりだったの」

「願ったり叶ったりだよ」

「なにそれ」

「ずっと好きな女が手に入るなら、なんでもいいよ。それが期間限定であったとしても、お前が俺を拒んだとしても、それでも、傍にいられるならそれでいいと思ったんだよ」

煌雅が苦しそうに吐き出す。

碧はここにきてやっと、自分の態度が彼を苦しめていたことを実感した。

昔とは違うとか、釣り合わないとか……そんなの全部、言い訳だ。

あれだけ拒んだのだから手を離されたってしかたがなかったのに、それでも煌雅は離そうとはしなかった。根気よく傍にいてくれた。碧が何度も振り払おうとした手を、決して離さずにいてくれた。

自分はそんな彼へ、誠実に、素直になったことがまだない。

頑《かたく》なだった自分の心を解放してあげよう。

けれど、やっぱり、ずるいことを言ってしまう。

「煌雅くん」

「なんだよ」

「私ね、口説《くど》いてほしい」

「……口説《くど》く？」

「ずっと憧れてたの。煌雅くんに口説《くど》いてもらうこと」

お互い、両親から立場というものをくどいぐらいに聞かされ続けてきた。

煌雅は碧を口説《くど》ける立場ではなかったし、碧もそれを願える立場になかった。だからこそ憧れていた。そんな夢を叶えてほしい。

そう告げると、煌雅は立ち上がり碧の傍にやってくる。そして、頬に優しく触れた。

「碧」

「うん」

「出会ったあの頃からずっと碧のことが好きだ。俺の傍にいてくれるか？」

「うん」

碧は彼の手に自分の手を重ね、大きな手に頬をすりすりとくっつける。

煌雅の顔がゆっくりと近づいてきて、碧は目を閉じた。

そっと唇が触れ合う。

「碧、碧っ」

煌雅が堰《せき》を切ったように、碧をソファーへ押し倒して唇を貪《むさぼ》る。

何度も唇を塞がれ、息がうまくできず少しだけ苦しい。碧は彼の背に両手を回し、シャツをぎゅうっと握った。

煌雅の唇が、碧の額《ひたい》や頬、鼻先にゆっくりと移動していく。そしてまた、唇に戻った。

「ん……」

「口、開けて」

碧は言われた通りに、口を開く。すると、彼の舌が腔内に入ってきた。

驚いて、口を閉じようとしたが彼の舌がそれを許さない。隙間なくぴったりと合わさった唇、彼の舌が碧の舌を搦《から》め捕《と》り、嬲《なぶ》っていく。

煌雅の唾液が碧の腔内へ入ってくる。なんとも言えない快楽で身体がしびれた。

彼の体液はまるで媚薬《びやく》だ。もっと、もっとと欲しくなる。

角度を変え、唇を合わせ唾液を交換する。彼以外とでは絶対に嫌だし、気持ち悪いと感じるはずの行為なのに、煌雅とであれば嬉しく思ってしまう。

ふいに、少し乱暴な手つきで、煌雅が碧の胸に触れた。

服の上から胸の頂《いただき》をカリカリと爪でひっかかれる。

その小さな刺激にも碧の身体は敏感に反応した。

「ど、れす……よごしたくない」

せっかく、彼がくれた素敵なドレスをぐしゃぐしゃにしたくはない。

そう訴えると、煌雅は深いため息をつき、碧を起き上がらせてくれる。そして一気に背中のファスナーを下ろした。

碧は息をごくりと呑み込み、彼にされるがままになる。

ぱさりとドレスが落とされ、透けたレースのキャミソールと同じ色のレースの下着のみになった。下着もドレスにあわせてお店で用意されたものだ。

守られている感じのしない、薄い下着を彼に見られていると思うと、羞恥《しゅうち》でどうにかなりそうになる。

まだ体重だって落としきっていない。

そんな姿をじっと見られることが耐えられなくて、碧は隠すように身体をねじり腕で胸とお腹を隠した。

「隠すなよ」

けれど、煌雅はそれが許せないのか両腕をぎゅうっと掴まれる。

「似合ってるよ。レースが薄いせいか、肌が見えて煽《あお》られる」

彼の声には艶《つや》があり、視線からは熱を感じた。

「触るぞ」

「う、うん」

キャミソールの裾から彼の手が侵入してきて、素肌に触れる。大きくて熱い手が、碧の身体をすみずみまで触ろうと動いた。

「腕上げて」

言われた通り両腕を上げると、キャミソールを脱がされる。

煌雅は、膝立ちになり碧のお腹に唇を寄せた。

「お、なかは……っ、ちょっと」

「なんで？　ふわふわしてて気持ちがいい。毎晩思ってたけど、抱き心地がよくて俺とぴったり合わさるのがたまらない。ダイエットしているみたいだが、今のままでも十分かわいいし、あんまり痩せすぎるとこの柔らかさがなくなるから嫌だな」

ちゅ、ちゅとおへそ回りにキスをされ、ぺろぺろと舐められる。

それだけで理性などどこかに消えていきそうになった。

男性とこういう行為をするのは初めてで、どうすればいいのかわからない。こういう時は初めてだと伝えたほうがいいのだろうか。

そんな考え事をしていると、チリッとお腹に痛みを感じた。

「んんっ」

「俺に愛撫《あいぶ》されながら、考え事か？」

「あ、ごめん」

「俺に集中しろ。今、お前を愛撫《あいぶ》しているのは俺だ」

煌雅が真剣な顔で言う。怒っているのか、碧のお腹を何度も強く吸った。

それから煌雅の乾いた唇は、お腹あたりからどんどん上がり、ついに鎖骨に触れる。彼の手がブラのホックを外し、大きめの胸がぷるんと零《こぼ》れ落ちた。

ジムで少しダイエットしたが、胸はそのままだ。

「俺の手でも余るな」

「い、わないで」

煌雅の大きな手で胸を鷲掴《わしづか》みにされ、ぐにぐにと揉まれる。

彼の手の動きに合わせて、胸はかたちを変え、その刺激で頂《いただき》がどんどん尖っていく。

「ああ、俺に舐めてほしいって主張してるな」

嬉しそうに言って、煌雅は舌先を碧に見せた。

片方の胸を揉みながら、もう片方の胸の乳輪を円を描いて舐める。

舐められた場所がすーすーした。

乳首をべろりと舌で舐められたり、舌先で押しつぶされたりするたびに、腰が疼《うず》く。

愛撫《あいぶ》というのはこんなに気持ちがいいものなのか。

触れられる場所が熱くなっていき、膝ががたがたと震える。立っていることさえも辛い。

じゅるじゅると乳首を舐められ吸われて、大きな口に食べられそうだ。

執拗《しつよう》に胸の頂《いただき》を弄《いじ》られ続け、碧はそこが腫《は》れてしまうのではないかと心配になる。

「あ、んぁっ」

「甘い声が出てきたな。どこもかしこも柔らかくて、一生食べていられるよ」

「や、食べるのは、だめぇ」

「冗談だ。ああ、でも、いつだって碧のことは貪《むさぼ》りたいよ」

冗談には聞こえない声色だった。煌雅は胸の頂《いただき》を指で摘まみ、くりくりと左右に弄《いじ》る。

「ん、んっ」

そのまま碧の顔中にキスをした。

「くそ、服が邪魔だな」

ふいに煌雅が着ていたスーツを乱暴に脱ぎ捨てて、碧をベッドルームに運んだ。

キングサイズのベッドに放り投げ、碧を組み敷く。

けれど、少し乱暴なその行為とは違い、彼から落とされるキスはとても優しい。だから碧は怖いとは感じなかった。

かたちを確かめるように腰のラインを撫でられ、下着の紐を引っ張られる。誰にも見せたことがない場所が煌雅の目にさらされた。恥ずかしさのあまり、碧は両手で顔を覆う。

煌雅は太ももの付け根に口づけを落とし、舌を太ももから膝裏、足先まで這《は》わせた。

「こ、煌雅くんっ、お風呂入ってない……から」

舐めないでほしい。そう伝えたつもりだった。

けれど煌雅はいやらしい笑みを浮かべて碧の足の指を口に含む。

「ひあっ」

指を一本一本しゃぶり、吸い上げていく。足の指の股も、舌でべろべろと舐められた。

指がふやけるほど舐められて、もう片足の指先に舌が移る。

膝裏や太ももももマーキングのように舐められた。

羞恥《しゅうち》で意識を手放したい。けれど、それは許さないと彼の瞳が言っていた。

煌雅がじっと碧の反応を観察している。碧はひたすら彼に翻弄《ほんろう》され続けた。

ついに彼の指が碧の秘所に触れる。くにくにと双丘を揉み、くぱっと媚肉《びにく》を左右に開く。

ゆっくりと彼の指が挿入され、痛みで碧の眉間に皺《しわ》が寄った。

「……狭いな」

「んんっ」

奥歯を噛みしめ、シーツを強く握りしめる。

「はじめてか？」

煌雅が小さな声で問う。碧は顔を背けた。

煌雅は昔から彼女らしき人がいたし、きっとすでにこういう行為は済ませているだろう。

けれど、碧は煌雅が好きで、見合いで結婚が決まるまでは片思いを続けようと思っていたのだ。

父があんなことになった後に、それなりの人数の男性と出会ったし告白もされたが、どうしても頷けなかった。

大学時代の苦い経験もあったし、他人を信用するのは怖いと思っていたから。けれど、一番大きな理由は諦めようと努力しても、諦められなかったことだ。

もしかしたら、迎えに来てくれるかもしれない。

もしかしたら、再会して抱きしめてくれるかもしれない。

そんな淡い期待を抱いて生きてきた。

それに、強制的に誰かと結婚をしなくてもよくなった碧は、煌雅以外の男性と身体を触れ合わせるなんて想像もできなくなった。

嫌だったのだ。誰かにはじめてを渡す時に、彼だったらよかったと思いたくなかった。

自分でも馬鹿だと思う。頑《かたく》なに拒みながら、心の奥底ではずっと待っていた。

彼が来てくれるのを、こうして愛されるのを。

目尻から涙が零《こぼ》れる。

「碧……俺だと嫌か？」

「違うっ！　違うの」

「なら、どうした」

「煌雅くんがいいの。煌雅くんじゃなきゃ……いやなの」

だから、やめないで。

煌雅は碧の気持ちをくみ取ってくれたのか、なにも言わず碧の両脚を開いた。

「ひあっ、やだ、見ないで！　見ないでっ」

碧は恥ずかしさにバタバタと足を動かすが、強い力で止められる。煌雅はじっと彼女の秘所を見つめ、顔を埋《うず》めてべろりと舐めた。

「ひああっ」

「もっと、啼《な》いて」

「ん、んっ」

彼の舌が膣内に侵入し、ぬぽぬぽと浅い部分で出し入れを繰り返す。

「あぁっ、んぁっ、んぐっ」

碧は与えられる快楽に、首を横にぶんぶんと振り腰を浮かせる。けれど、逃がさないとばかりに煌雅の腕に抱え込まれ、舌をより深く挿入された。

執拗《しつよう》にしゃぶられ、全身にぞわぞわしたなにかが駆け巡る。

「んんんんっっ」

大きな声が出そうになり、碧は喉を絞ってシーツをより強く握りしめた。足ががくがくと揺れ、達する。

「はあ、はあ、あっ……」

息が乱れてどうすることもできず、碧はぼんやりと天井を見つめる。

「イッたな」

「イッた……？」

「わからないか？　気持ちよくなって絶頂を迎えることをイクって言うんだよ」

「イク……」

そうか、これがイクというものなのか。

大学で友人たちに聞かされてなんとなく知ってはいたが、実際どういうものなのかは理解できていなかった。彼女たちが言っていたのは、こんな快感だったんだ。

碧がぐったりしているというのに、煌雅は行為を止めない。そのまま、膣壁を舌で擦《こす》り、ぷっくりと膨れた花心に触れた。

「ひぃあっ」

「やっぱり、ここが一番よがる場所か」

煌雅は花心を指で摘まみ、扱《しご》く。碧は乱れた息で嬌声《きょうせい》を上げた。

「やあ、こわいぃ」

「大丈夫、ただ気持ちいいだけだから」

その気持ちのいいことが嫌だと言っているのに、彼はまったく耳を傾けない。

むしろ楽しそうに、碧へ愛撫《あいぶ》を施《ほどこ》す。花心を舐められ、吸われ、しゃぶられる。

碧は、何度も何度も気をやって、途中意識が途絶えた。

「……碧、碧……大丈夫か？」

「う？　こ、うがくん」

何がどうなっているのかわからないまま、目を覚ます。ぼんやりとあたりを見回すと、裸の煌雅がいた。

「私、どのぐらい気を失ってた？」

「二、三分だよ。もう、止めるか？」

煌雅はそう言ってくれるが、彼は碧をイかせただけで、彼自身は発散していない。その証拠に、彼の肉棒はそそり勃《た》っている。

それに、ここで止めてしまったら、次をどうしたらいいかわからない。彼がすぐに誘ってくれるのならともかく、碧から誘うという高等技術はない。

「……大丈夫」

「本当にいいのか？」

碧は小さく一つ頷いた。

煌雅が嬉しそうに碧の唇に口づけを落とす。そして、サイドテーブルに置いていた小さな袋を持って戻ってくる。

「それは？」

「コンドーム」

いつの間にそんなものを用意していたのか。碧はじとっと彼を見上げる。

「紳士のたしなみだよ。言っておくが、マンションにも封を切ってないやつが置いてあるからな」

「え、そうなの？」

「当たり前だろ。もし、碧からのお許しが出そうな雰囲気になった時、持ってなかったら俺は立ち直れない」

大げさなと思うが、彼の目は本気だ。

煌雅は箱の封を開けて、避妊具を自身の熱棒に装着した。初めてまともに見た男性のそれに、碧は息を呑む。大きく屹立《きつりつ》したそれは、想像以上にグロテスクだ。煌雅のように綺麗な男性にも、こんなものがついているのか。

「そんなまじまじと見られると、アレなんだが……」

「ひあ、ごめんっ」

慌てて視線を外すが、見てしまった肉茎を記憶から消すことはできない。あんなものが自分に入るのか心配になる。

けれど、煌雅が碧に覆い被さった。

「最初は痛いと思うが、できるだけ優しくする」

慈《いつく》しむような瞳に、碧は大丈夫だと自分に言い聞かせる。

彼は碧の両脚を抱え直し、濡れそぼった秘所に自身の肉棒をあてがう。ぬちぬちと愛液を肉茎にまぶすと、ぐちゅっと亀頭部を膣内に挿入した。

未知の質量が碧のお腹を圧迫する。膣を無理やり広げられ、苦しくて痛い。

辛くて閉じそうになる瞼を、息を吐き出しながらなんとか開ける。

眉間に皺《しわ》を寄せて苦しそうな煌雅の顔が見えた。ぽた、ぽたっと彼の汗が碧に落ちる。

「こうが……くん」

「はあ、ん？　どうした？」

「苦しい？」

「いや、キツいけど、それが気持ちよくて理性を失いそうだ」

彼はゆっくり、碧の中をこじ開けていく。

痛いのは変わらないが、この痛みを与えたのが煌雅であることが嬉しい。

そしてついに、彼の肉棒が膣奥まで辿りつく。

その異物感を感じていると、煌雅が碧の手を握りしめた。手のひらと手のひらを密着させ、互いに指をからめて握り合う。

「動いて、平気か？」

「うん、動いて」

煌雅が腰をゆっくり揺らし始めた。痛みはまだあるが、少しずつ彼のものがなじんでいく気がする。

彼の腰に足を絡ませ、強請《ねだ》るように唇を開く。

煌雅は色気のある息を吐きながら、碧の唇を貪《むさぼ》った。

舌が絡まり合い、飲みきれない唾液が口の端からシーツに零《こぼ》れる。

不意に煌雅の片手が離れて、碧の秘豆に触れた。

「んんっ」

ぐりぐりと指の腹で押しつぶされ、摘まれ、扱《しご》かれる。

目の前がチカチカして息もできない。碧は酸欠になりそうだ。

口からも秘所からも淫猥《いんわい》な音が響き、濃厚な匂いが室内に充満する。

喉の奥から悲鳴めいた甘い嬌声《きょうせい》を出し、碧は絶頂を迎えた。背中が弓なりに反り、足先が伸びる。

膣内が蠢《うごめ》き、肉棒を締め上げた。

「ぐぅっ」

煌雅がうめき声を上げて、碧の腰を強く抱きしめる。激しく肉茎で膣奥を突き上げ、避妊具越しに白濁を吐き出した。

彼が碧を抱きしめたまま倒れ込む。

二人は乱れた息を混ぜ合わせ、口づけを交わす。

碧はそこで意識を手放した。


翌朝。目が覚めると見知らぬ天井が見えた。

「……ここ、どこだっけ」

声が嗄《か》れていた。喉の奥にいがいがとした痛みを感じる。

気持ちのいい温もりにすり寄りながら、碧はぼんやりと昨日の出来事を思い出した。

温もりのもとは、気持ちよさそうに眠っている。

碧は身体を起こし、周囲に視線を向けた。シーツはぐしゃぐしゃで、隣の部屋の床に碧のドレスと煌雅のスーツが散らばっている。

これはなかなかの惨状だ。ホテルの人に大変申し訳ない。

急いでベッドから降りると、べしょっとその場に座り込んでしまった。

碧は目を見開く。腰も太ももも、どこもかしこも痛い。

普段使わない筋肉を使ったせいだとわかっているが、腰が立たないほどだとは思わなかった。その上、下腹部がじんじんとしびれ、昨晩の出来事を現実だと知らしめてくる。

なんとか立ち上がり、痛い腰を支えてシャワールームへ向かった。

鏡に映る自分の顔はなかなかひどいものだ。

碧は苦笑し、シャワーを浴びて、化粧を落とした。

バスローブを羽織《はお》り髪の毛を乾かしてシャワールームを出ると、煌雅も起きていて新聞を読んでいる。

「おはよう」

「おはよう……」

なんとも気恥ずかしい。

「ルームサービスを頼んだから。俺もシャワー浴びてくる」

煌雅は碧の額《ひたい》に口づけを落として、シャワールームへ消えた。

碧は口づけされた額《ひたい》を手のひらで押さえて、窓際のソファーに腰を下ろす。

今までこういった触れ合いはなかったのに、突然どうしたのだろうか。

昨夜の彼の甘い顔と声を思い出し、両手で口元を覆っているとインターホンが鳴る。煌雅がルームサービスを頼んだと言っていたことを思い出し、碧は部屋の扉を開けた。

「ルームサービスでございます」

「ありがとうございます」

ワゴンごとリビングルームに運び入れ、テーブルに並べてもらった。カリカリに焼かれたパンにスクランブルエッグ、ベーコンとミネストローネの、バランスのとれた朝食プレートだ。

一緒に淹《い》れてもらった温かい紅茶を飲んで煌雅を待っていると、髪の毛をがしがしとタオルで拭きながら戻ってきた。

「先に食べててよかったのに」

「せっかくだから」

「そうか、ありがとう」

椅子に座った彼の髪の毛は、まだ湿っている。

「待ってるから、先に髪の毛を乾かしたら？　風邪引いちゃうよ」

「いつも、こんな感じだから大丈夫だよ。冷めないうちにご飯にしよう」

「そう？　じゃあ……いただきます」

美味しい朝食をとり、煌雅がコンシェルジュに用意させた服を着てホテルを後にした。

ロータリーではすでに米田が車を回してくれている。さすがだ。

後部座席の扉を開けると、彼が弾んだ声で挨拶《あいさつ》してくれた。

「おはよーございます」

「おはよう。朝から元気だね」

「俺の取り柄は元気っすから」

昨晩、一緒にホテルに泊まったことを米田に知られてしまったが、そもそも同居しているのを知っているので、今さらかと開き直る。

米田の丁寧な運転でマンションに戻った。部屋に着くと、急いでドレスをハンガーにかける。

「碧、おいで」

「なあに？」

すぐに煌雅に呼ばれ、リビングで抱きしめられた。

「煌雅くん？　どうしたの？」

彼はなにも言わず、ただ碧を抱きしめ続ける。

碧は、おそるおそる彼の背に両腕を回した。すると、ますます強く抱きしめられる。

「んぐ、く、くるしいぃ」

「あ、わるい！」

ぱっと離されて、やっと息が吸えた。

「どうしたの？　突然」

「突然……？　まあ、碧にとってはそうかもしれないが、俺は再会以来ずっと我慢してたからな」

「我慢……」

「当たり前だろ。最初に言った通り、俺は碧が嫌がることはしたくない。……していることもあるが」

「自覚はあるのね」

「仕事を辞めてもらったのが俺のエゴだってことはわかってるよ。それでも、嫌だったんだ」

それを良しとするかどうかは置いておいて、碧はその気持ち自体は嬉しく思った。

それからというもの、煌雅の碧への密着度が高くなる。

一緒にいる時は、つねに傍に置きたがり、離れることを許してくれない。

最初はいかがなものかと思った碧だが、彼がそれで安心するのであればいいかと諦め始めている。

それに、碧自身もそれが決して嫌ではない。

「——今度、俺の実家に行こう」

「うん、わかった」

煌雅の実家に行くというのは、彼の両親に挨拶《あいさつ》に行くということだろう。彼の様子からもそれがわかる。

碧はぼんやりとした不安から目を逸らし、流されかけていた。

第五章　黒白に争う

パーティーから一週間が経った。

その間、二人で甘く濃い時間を過ごしていたが、煌雅が海外出張に行くことになる。出発前、彼は異常なほど碧を心配した。

「いいか、知らないやつが来ても無視しろ。俺に用があるやつがここに来ることはない。あと、どこかに出かける時はヨネか曾根崎さんに連絡するんだ」

「曾根崎さんの連絡先を知らないけど……」

「後で教えるから」

「ちゃんと許可を取ってね」

「わかった」

たとえ煌雅の恋人だとしても、二人が碧の面倒を見ることまで仕事だと思っているとは限らない。ただの煌雅のわがままで、それに二人が振り回されている場合だってある。そうであれば、碧が二人に迷惑をかけるようなことはしたくはない。

そんなふうにバタバタと彼は出かけていった。エントランスでそれを見送ってから、母の部屋を訪ねる。

「母さんいる？」

「はいはーい」

「煌雅くんが、母さんが仕事を再開する前に旅行はどうかって言ってたよ」

「ああ、入院中に言ってくれてたやつね。そうね、予定はないからいいわよ」

「わかった」

「……ねえ、碧。煌雅くんとはどうなの？」

「どうって……変わらず？　だよ」

碧としてはとても大きく変化したが、母は知らないはずだ。

「そう、もし碧が煌雅くんを嫌だと思うなら、ちゃんと断ってね。母さん、いつでもここを出られるようにしてあるから」

「……どうしたの？　突然」

「だって、もし碧が煌雅くんを好きじゃないのに私のために一緒にいるなら申し訳ないわ。碧だって嫌でしょう？」

「大丈夫だよ。知ってるでしょ、私がずっと煌雅くんのことを好きなの」

「……そうね。母さんの取り越し苦労ならいいのよ」

碧は母の部屋を出て、上の階に戻る。

母はなにかしら気づいていたのかもしれない。ただ、煌雅のことは本当に好きなのだ。だから問題はない。碧の自立していたいという気持ち以外は。

この先、煌雅と付き合い続けるとしても、母の治療費はきちんと返したいし、自分の生活費は自分で稼ぎたい。そして、なにかがあった時に戸惑わないようにしたいのだ。

そのためにはどうすればいいのだろうか。

「貯金、残りいくらあったかなあ」

貯金をすべて煌雅に渡すというのも心許《こころもと》ない話だ。

それで返済できたとしても、無職のいま、碧が使えるお金がなくなってしまう。

やはり仕事をするのがベストだが、彼に紹介された職場以外のほうがいい。

転職活動をすれば彼は嫌がるだろうし、と碧は両腕を組んでうんうん唸《うな》る。

結局、その日も答えはでなかった。

翌日。碧のスマホが鳴った。

大学時代に友人になった加奈子《かなこ》からだった。

彼女も苦労をしている人で、過労で母を亡くし、父と二人で暮らしていると聞いている。

「加奈子さん？」

『あ、碧？　仕事辞めたって言っていたよね？　今日って暇かな？　夕方、みんなと集まるんだけど来ない？』

「うん、行く。何時にどこ？」

場所はよく彼女たちと一緒に食事をしたカジュアルなイタリアンレストランだった。

碧は念のため、米田に出かけることを知らせる。

そしてクローゼットに向かい、煌雅が買ってくれたワンピースを手にとった。

彼は碧にいろいろと買い与えるのが好きで、知らない間にアクセサリーや洋服が増えている。

何度もいらないと伝えているのに、まったく聞き入れてもらえない。十分服もアクセサリーもあって、これ以上増やされても困ると言っても「俺が着てほしいから」と笑うだけなのだ。

そもそも碧は、ほとんど家から出ない。

ジム用のウェアはありがたかったが、それ以上のものはそうそう外出しない人間には不必要なのだ。部屋着なら、アパートから持ってきたものでこと足りている。

それでもこうして、自分に似合う服を彼が選んでくれたことだけは嬉しい。

特に、このワンピースはとても質がよく、ふんわりとした雰囲気でスタイルがよく見えるという素晴らしいものだ。

碧は、そのワンピースにあわせて小さな鞄とローヒールのパンプスを用意した。

約束までまだ時間があるので、どこかで買い物でもしよう。そう決めた碧は昼食の後、マンションを出る。

電車で目的の駅まで向かい、レストラン近くの複合施設で、ウィンドウショッピングを楽しむ。

世界的に有名なパティシエのいるチョコレートのお店を発見した。早速、店に入ってみる。

碧もチョコレートが好きだが、碧以上に煌雅がチョコレート好きなのだ。

しばらく帰ってこないが、賞味期限を確認してお土産《みやげ》を買っておこう。

どれがいいかと、宝石のように輝くチョコレートを眺める。

有名なお店なだけあって値段は可愛くはないが、碧の貯金でも買えないほどではない。いつも高級品をプレゼントしてくれる彼へのお土産《みやげ》なのだから少し奮発《ふんぱつ》したっていいだろう。

じっくり選んで気に入ったものを買い、店を出た。ちょうど時間になったので待ち合わせ場所に向かう。

久しぶりに会った三人の友達は相変わらず気持ちのよい人達だった。

加奈子以外の二人は結婚し、子どもがいる。今日は旦那さんが子どもの面倒を見てくれているそうだ。

早速、それぞれの近況を報告し合うことになる。

「久しぶりだね」

「やっぱり、大学卒業しちゃうと会いにくいね」

「子持ち主婦は子どもが最優先になっちゃうしね」

そんな話題に続き、碧が話す番が来た。

「碧は相変わらずなの？」

「うーん……昔の知り合いに会って、いまはその人と付き合ってる」

「え、彼氏できたの？」

加奈子が驚いたように聞いてくる。

「一応？　彼氏になるんだと……思う」

「びっくりしたあ。碧って、そういうの興味がないんだと思ってたよ」

「興味がないっていうよりは、そういう気持ちの余裕がなかったっていうだけだよ」

三人に身を乗り出して尋ねられ、その勢いに碧は少し引き気味になった。

「それで、どんな人なの？」

「どんな……ううん。ちょっと傲慢《ごうまん》だけど優しい人だよ」

「写真はないの？」

写真と言われて、彼のいまの写真は一枚もないことに気がつく。昔は彼単独の写真も、一緒に写ったものも持っていたが、父の屋敷を出る時にすべて置いてきた。

スマホも変えてしまったので、データもない。

碧は写真がないことを伝え、みんなに残念がられる。今度一緒に写真を撮っておくと伝えた。

それからもしばらくおしゃべりをして、夜の九時過ぎに解散となる。

「あれ、加奈子さんもこっち？」

「うん」

加奈子と二人で駅に向かっていると、通りかかった店先にディスプレイされたネクタイが目に入る。シンプルだけどとても質がよさそうだ。

煌雅に似合うと思って値段を確かめてみると、五万円だった。

「例の彼氏に？」

「うーん、似合うだろうなとは思うんだけど、高いね」

「そうだね」

「早く転職活動しないとな……」

収入のあてがないのに買えるものではない。煌雅のカードで煌雅へのプレゼントを買うのも意味不明だ。

やはり仕事を探さなければと思い、碧はその場を後にした。加奈子とも駅で別れ帰宅する。

スマホを見ると煌雅から連絡が入っていた。どうやら碧の動向を逐一監視しないという約束は守られているらしく、米田は特に報告を上げていないようだ。碧の外出についてはなにも触れていなかった。

こちらからも連絡を返し、ビデオチャットを開始する。

「煌雅くん」

『碧。俺がいなくて大丈夫か？』

「こっちは問題ないよ。煌雅くんは？　仕事は順調？」

『ああ、なんとか。うまくいけば早めに帰れるかもしれない』

「そっか。あ、今日は大学の友達に会ってきたよ」

『男か？』

「全員女の子ですー。ちなみに、二人は既婚者だよ」

今日の出来事を話し、再就職のことは言えないまま、三十分ほどでチャットを切る。途端に、部屋がシンとなった。やはり寂しさを感じる。

碧はベッドに潜《もぐ》り、煌雅の枕を抱きしめた。彼の香りを探すが、もうかすかになっている。碧も彼と同じボディーソープを使っているのに、香りが違うのだ。

煌雅が使っている香水をハンカチに含ませて持ち歩いてみた日もあったが、あまり満たされなかった。

早く帰ってこないかなと指折り数えて、眠りにつく。

翌日、碧は起きてからスマホで転職サイトを巡る。

できれば、事務職で九時から六時の時間、祝日と土日が休みであり、残業時間が月に十時間以内。なかなか、働こうとするには甘い条件だ。碧自身は特に資格を持っていない。そんな自分がこの条件で前よりもいい給料が貰えるとは思えない。

ならば、少し時間をとって資格を取ってから動くようにするか。

それでは時間がかかりすぎてしまう可能性もある。

最初は派遣の登録でもしてみようか。場所が遠くなければ、交通費が出なかったとしても前よりいい給料が貰える可能性がある。

そう考えたが、そちらもいい案が見つからない。

碧はソファーにぐったりとしながら、どうしようかと悩む。

つなぎで働くというのでは相手の会社にも失礼だし、ならば前の職場を辞めなければよかったとなってしまう。それでは意味がないのだ。

土日と祝日休みというのだけを条件に、検索内容を絞り直し、このマンションから通いやすい仕事を見繕《みつくろ》う。その最中、無意識に甘えている自分に気がつく。

「はあ、家どうしよう」

煌雅が自分と結婚しようと考えてくれているのはわかる。

結婚後は、碧の家はこのマンションということになるのだろうか。

それを、当たり前と享受《きょうじゅ》していいのだろうか。

それで、はたして対等なのだろうか。

家の中に閉じこもっているのは、もう性に合わない。

だからといって、いまさらマンションを出て母と暮らすというのもおかしい話だ。これから一緒にいようと言いながら、家を出ていくのも変だろう。

こういう場合どうするのが一番いいのか。いや、考え方を変えるべきかもしれない。

「同棲?」

そう考えればしっくりくるが、やはり金銭問題が発生する。

そもそも、まずは治療費の返済が先か。

「はー、ぐるぐるする」

自立したい、対等でいたいと思いながら、結局は彼におんぶにだっこ状態だ。

いろいろと考えることはあるが、碧が第一にすべきことは転職先を見つけること。次にもう少し体重を落とすことだ。

週三回、ジムに行って身体を動かしており、そのかいあってか前よりは筋肉もついてきて身体が絞れてきた気がするが、あとちょっと体重を落としたい。

絞りすぎれば煌雅が嫌がるだろうとも思ってはいるけれど、下着にのるお腹のお肉をどうにかしたいのだ。

「とりあえず、何件か応募してみよう」

碧はネットで見つけた何社かに応募をした。

それから、ジムへ向かい身体を動かし筋トレをする。

応募したサイトから早速返事がきていたが、すでに募集を締め切った会社もあり、面接をしてもらうことになったのは二社だけだった。

現在無職である碧には時間があるので、翌日二社とも面接を受けることにする。直後、履歴書を作成し写真を撮った。

そして、各会社の仕事内容やどんな事業をしているのかを熟読する。

面接当日には、古びたスーツを着た。

数年ぶりに着たスーツで、転職活動をしている社会人というよりは大学生のように見える。スーツも買い換えたいけれど、そんな余裕はない。いっそのことオフィスカジュアルのほうがいいのかと思うが、やはり会社の面接はスーツという刷《す》り込みがあった。

碧は鞄を持って、面接予定の会社がある最寄り駅までやってくる。

時間になったので、受付に向かい面接をしてもらう。会話が途切れることはなかったが、あまりいい雰囲気を感じ取ることはできなかった。

面接を終えた後、少し時間をつぶしてから二社目の面接をする。

そちらはまだよかった気はするが、応募が多数で決まるのに時間がかかると言われてしまった。

碧はため息をつきながら、またサイトで求人を探す。

翌日には、一社から不採用のメールが届いた。

もう少し時間がかかると思っていたのだが、会社によってはこんなにも早く連絡がくるものなのか。それから毎日のように、面接を受け不採用の通知を受ける日々だった。

就職活動の時も同じようなものだったなと思い出す。

他の友人たちが就職していく中、なかなか内定が出なかった。

不採用の通知をじっと見つめていると、自分が価値がないように思えてくる。

碧という人間が否定されたわけではないと十分理解しているが、やはり落ち込むものは落ち込む。

大学の友人たちや、前の会社の同僚である七海に少しだけ愚痴《ぐち》を零《こぼ》す。

そんな風に過ごしていたら、時間はあっと間に過ぎ、煌雅が帰ってくる予定の前日になっていた。

新しい仕事は決まらなかったので、とりあえず派遣の登録をしようと派遣会社を比べていると加奈子から連絡がきた。

「どうしたの？」

『碧、仕事探してるって言ってたよね。いいバイトを教えるから！　夕方六時に待ち合わせね』

それだけ言って電話が切れる。すぐにメールで待ち合わせ場所のマップが送られてきた。

こんな風に強引な誘いは珍しい。時計を見ると、今から向かっても指定の時間ギリギリだ。断る隙もなかったため、碧はとりあえず向かうことにする。

ところが、待ち合わせ場所で落ち合い、ぐいぐいと連れていかれた場所はキャバクラ。大学に入ったばかりの頃は夜の仕事についてなにも知らなかった碧でも、さすがにここがどんな場所なのかある程度の知識はあった。あくまで、ある程度のものではあるが……

驚いて断ろうとする碧を、加奈子が強引に押しとどめる。

「ここ、私も働いているの。いいバイト！　一日体験入店でもそれなりに稼げるし、私のマージン入るからさ！」

「でも、さすがにキャバクラなんて」

「いいじゃん、一日ぐらい。時給六千円で、帰りはちゃーんとタクシーチケット貰えるから。私を助けると思って！　気に入ったら働けるし、彼氏にプレゼントするお金できるよ」

「私、できれば昼間の仕事を探してて……」

結局彼女に押し切られ、そこで一日バイトをすることになってしまった。突然、キャストが足りなくなったとかで、面接の人にも縋《すが》りつくように頼まれ、余計に帰りづらかったのだ。

碧は慌てて曾根崎に連絡し、簡単な事情を説明する。煌雅には自分の口で説明するとも伝えた。

後は、どうにか数時間を乗り切るだけ。

けれど、元々碧は異性と接触した回数が少なく、免疫がない。客をうまくあしらえる自信はなかった。

そもそも多少ダイエットしたとはいえ、ぽっちゃりで美人でもない自分に需要があるとも思えない。煌雅はしょっちゅうかわいいと言うが、あれは彼がどうかしているのだ。

加奈子に大丈夫だと言われても、お腹が痛くなってくる。

彼女の先輩方にもいろいろと教わり、最低限のことだけ覚えた。

メイクは加奈子にしてもらい、お店のドレスを借りる。真っ赤な露出の多いドレスが似合うとは思えないが、変えてくれと言うわけにもいかない。そもそも別のものがあるのかも知らなかった。

碧は、すべてをセットされて夜の蝶へと変貌する。

鏡の中の自分を見て、開いた口が塞がらない。元が誰なのかわからないほど派手だ。正直、知り合いがお店に来たとしても、碧だとはわからないだろう。

「源氏名どうしよっか」

「げんじなって？」

「こういうお店だと客に本名を知られたくないし、芸名みたいな別の名前を使うのよ。ちなみに私はリリコ」

「リリコさん？」

「なんでもいいなら、私がつけるよ？」

呆然としている間に、加奈子がどんどん話を進める。

「そうねえ、呼びやすくて今いるお店の子と被らないやつ。リョクとかにしようか」

「リョク。なんでリョク？」

「碧は青って意味でしょ。そのままだとアレだから色変えて緑にして、緑をリョクって読む感じ」

「はあ、なるほど」

碧が加奈子の説明に納得して頷いていると、加奈子の先輩だという人が眉をひそめる。

「この子大丈夫？　天然？」

「あー、ちょっと世間知らずなところはありますけど。めっちゃいい子なんで！」

「そう？　じゃあ、今日は大変だろうけど頑張って。お客様に粗相《そそう》だけはしないようにね」

「わかりました」

彼女はこの店でトップ三の売り上げを誇る人気のキャバ嬢らしい。たしかに、とても綺麗な人だ。

基本的に碧は彼女や加奈子のヘルプに入る役回りだと聞いている。

スタッフにいろいろなことを教えてもらっているうちに客の入りが激しくなり、とうとう、碧が呼ばれた。その席には加奈子ともう一人女性がついており、客は男性三名だ。

「この子、今日一日体験で入ってる。えーっと？」

「リョクです。よろしくお願いいたします」

丁寧に頭を下げると、客は面食らった顔をした。そして、大きな声を上げて笑い出す。

「ははは、なんだか場違いな子が来たねぇ」

「やあだ。この子、私の友達なんです。あんまりひどいこと言わないでくださいねぇ」

「逆、逆。凄く上品な子っぽいよね。人気出るかもしれないよ」

「あ、ありがとうございます」

お礼を言うべきなのかよくわからなかったが、褒められているみたいなので頭を下げた。その後、指示された通りに水割りを作り、灰皿を交換する。

思っていた以上に忙しい。

男性客とおしゃべりをする技術だけではなく、きめ細かい気配りも必要な職業のようだ。

思い出すのは、大学時代のネットの記事のこと。落ちた令嬢と言われ、夜の蝶になっていると書かれた。まさか、今になってその世界を本当に体験するとは。

そんな感慨にふける暇もないほど、次から次へと用事を頼まれる。

そして、十一時を過ぎた。だんだん、調子に乗った酔客が増えてくる。

碧は、今日一日だけのヘルプだと伝えているのに、しつこく店の営業後に飲もうと迫る男性に捕まった。加奈子と先輩たちが客をやんわりと抑えてくれるものの、強くは出られない。

男性客の手が、碧の太ももを撫で、胸を触る。碧はこれ以上は我慢できないと、平手打ちをかまそうとした。

そこで男性の手が誰かに掴まれる。

「飲みすぎでは？」

「ああ？　俺はこの店で金をつか……」

顔を真っ赤にした男性が、腕を掴んだ人間に文句を言おうとして止まる。

「九条さまっ⁉」

店のスタッフが叫ぶ。

そこにいたのは煌雅だった。

「あまり、無体を働くようなら今後の付き合いを考えねばならないかと思いますが」

「い、いやいや、この子が俺を誘惑しようとしていたのであって、俺は無体だなんて、そんなっ！」

男性客は慌てているが、碧も内心とても慌てている。

なぜ、煌雅がこの店にいるのか。海外出張だったのではなかったのか。そして、スタッフが名前を知っているということは、この店に来たことがあるということだ。

煌雅が黙ったままでいると、男性客はお店を飛び出していく。

すぐに店長が来て、頭を下げた。

「九条さま、ありがとうございます。最近本当にひどくて……」

煌雅は冷たい表情のまま、店長を一瞥《いちべつ》する。

「いえ、こちらこそお世話になったようで」

「お世話……ですか？　九条さまがいらしたのは先ほどでは？」

煌雅の視線は碧に向けられていた。その視線が刺さり、胸が痛い。

化粧で相当顔が変貌しているというのに、碧だとわかっているのだろうか。

「店長、この子は？」

「本日体験入店しております。リョクです」

「……ハジメマシテェ」

碧は誤魔化すように愛想笑いをする。

「私の友人なんですぅ」

碧を助けてくれようとしたらしく、加奈子が高い声で挨拶《あいさつ》をした。

「そうですか。ところでリョクは、ここで何をしているんだ？」

「ひぃっ」

「俺がわからないと思ったか？」

やはり煌雅の視線はピタッと碧に当てられている。その目はどこまでも冷たい。

怖い、とてつもなく怖い。

碧は彼の顔を見ることができず、手元をじっと見つめる。

「帰るぞ」

「はい……」

逆らえるはずもなく、碧は素直にうなずいた。店のスタッフにも煌雅の決定に異を唱える人はいない。煌雅の雰囲気に呑まれ、押し黙っている。

帰りたかったからよかったはよかったのだが、とてつもなく気まずい。碧が帰り支度のためにバックヤードへ戻ると、加奈子が追ってきた。

「碧、どうしたの？　あの九条さんと知り合いなの？」

「煌雅くんが、この間話した昔の知り合いで、付き合ってる人」

「はあ？　あの九条家の嫡男と知り合いだったの!?」

「昔のね。ずっと連絡を取ってなかったけど、この間たまたま会ったんだ。それがきっかけでね……」

碧はため息をつきながら、化粧を落としていく。

「そうなんだ。でも、よかったじゃない」

「うん、ありがとう」

碧が着替えを済ませると、裏口で店長が今日の給料を渡してくれた。

「ありがとうございます。お騒がせしてしまって申し訳ありませんでした」

「いいんですよ。あのお客さまには困っていたので、うちも助かりました。碧さんは九条さまのお知り合いだったんですね。ぜひうちで働くことを検討してください」

「はい、ありがとうございます。失礼します」

店の外では煌雅が車に寄りかかるように立っている。

「……煌雅くん」

眉間に皺《しわ》を寄せた煌雅は、無言のまま車の扉を開けた。

碧が中に入ると彼も乗り込み、後部座席と運転席の間のパーテーションを閉めさせる。

静かに車が発進すると、ようやく煌雅が口を開く。

「どういうことだ」

「曾根崎さんに聞いたんじゃないの？」

「聞いたよ。友達に誘われてキャバクラに体験入店するって」

「どうしてもって頼まれて断れなかったの、お金も必要だったたし。けど、私だってやりたくてやったんじゃない」

「金って、カードを使えばいいじゃないか？」

煌雅の言葉に苛立《いらだ》ちを覚える。

「そういうことじゃないよ。私は、自分のものは自分で支払いたい。自立していたいの」

「だから、そういうことなら俺が仕事を紹介するって言ってるだろう」

それでは意味がないのだ。

「ちゃんと、自分で見つけるって言ったもの。それとムッとしているのは私もなんだよ！　あのお店の常連なんでしょう。煌雅くんは私を束縛するけど、自分は好き勝手に遊んでるんじゃない！」

「接待に何度か使ったことはあるが、個人で行ったことはない。それに、その接待もよく使っているのは父親」

「え、そうなの。おじさまキャバクラの常連なんだ……。おばさまは知ってるの？」

「一応」

そこで煌雅は言葉を切り、なぜか口元を覆って下を向く。

「煌雅くん？」

「いや、なんでもない」

「どうしたの？　気持ち悪いの？」

「違うって」

彼が頑《かたく》なに顔を上げないので、碧も意地になって覗き込む。すると、なぜか彼は顔を赤くしていた。

「……体調が悪いの？」

「違うって、いや、だって。アレだろ。……なぁ、碧がムッとしたっていうのは、嫉妬《しっと》したってことでいいよな？」

そう言われればその通りだ。どうやら、煌雅はそれが嬉しかったらしい。口もとを緩ませている。

他にも話し合わなければいけないことはあったはずなのに、なんだかそんな雰囲気でもなくなってしまった。

マンションに戻り、それぞれシャワーを浴びてベッドに寝転がる。

「ねぇ、帰ってくるのは明日じゃなかったの？」

「早く終わらせて飛行機の便を変更して帰ってきたんだ。日本に着いたら曾根崎が、碧がキャバクラに入店したって連絡を寄こしてきたんで、空港から直行したんだよ」

「そうなんだ」

「そうだ。他の男にあんな露出の多いドレス姿を見せて触らせたのは、やはり許しがたい」

「なんでよ。不可抗力です」

「俺が行かなかったらどうなってたか、わからないだろう」

それについては反論できず、碧は唇を尖らせる。

「やっぱり、お仕置きだな」

「えっ」

さと眠りについてしまった。

「ちょっと、煌雅くん。煌雅くんってば」

碧は煌雅の服の裾をぐいっと引っ張ったが、彼はにやにやと口もとを緩め、碧を抱きしめてさっさと眠りについてしまった。

突然のお仕置き宣言に、碧はパニックになる。

そんな碧の気持ちも知らずに彼は夢の中だ。話したいことはそれだけではないのに。

けれど、煌雅が疲れていることも確かだ。今晩はこれ以上もめたくない。

碧はため息をついて、自分も眠ることにした。


翌日。朝食を終えると、二人でソファーに座り、碧は昨晩のことについてお礼と謝罪をし、正式に仕事について煌雅に話をした。

「まだ、その話をするのか？」

「煌雅くんが理解してくれるまでは」

碧にとって譲れない部分なのだ。譲れるのならば、すでに譲っている。

「俺は、碧には家にいてほしいんだ。俺の母のように、夫を支えてほしいと思ってる」

碧は首を緩く、ふるふると振った。

「煌雅くんを支えたいと思っているし、傍にいたいとも思ってるよ。けど、私は煌雅くんのお母さんじゃないもの」

「わかってる。碧に母親になってほしいなんて思ってなんかいない」

彼は碧にそんなことを求めていないというのはわかっている。

彼は、碧に自分が見える範囲にいてほしいと思っているのだろう。

「何度も言うけど、私は自立していたい。誰かのお金で生きていくだけはしたくない」

「俺が甲斐性《かいしょう》なしだっていいたいのか？」

「なんでそうなるの。そうじゃないよ」

煌雅は、息を吐いて前髪を掻《か》き上げる。やはり、碧の言葉に苛立《いらだ》っているようだ。

そんな彼を見ていると、自分がわがままなことを言っているのだろうかと不安になる。

普通のことを言っているつもりなのに、なぜか伝わらない。

碧は働きたい、煌雅は働いてほしくない。どこまでも平行線だ。

碧も彼の反応には苛立《いらだ》ってしまうし、どうしてわかってくれないのだと喚《わめ》きたくなる。

そんなことをしても、解決しないことは理解している。だから、冷静に話をしたい。

お互い妥協できる部分を探り合いたい。それを放棄したくない。

「煌雅くんはさ、いま働いていて自分自身でお金を稼いでいるでしょう？」

「そうだな」

「たとえば、煌雅くんの会社が倒産したとしたらどうする？」

碧の不躾《ぶしつけ》な質問に、煌雅の眉間に皺《しわ》が寄る。

「まず、倒産させないようにする。まあ、そうなった場合、倒産の後処理を視野に入れると考えるべきことが増えるが、そこも置いておく。一応、伝手《つて》はあるし起業することも視野に入れるな。しばらくは苦労をかけさせるかもしれないが、貯蓄はあるしいろいろと手立ては持ってるから問題はないと思う」

「それは、煌雅くんが働いているからだよね」

自分自身が働き、未来になにかが起こっても大丈夫なように備えることが可能だ。けれど、碧にはそれができないし、高校生の頃もそれがなかった。

お金がないということがどれほど惨《みじ》めなことかを、煌雅は一生知ることはない。知ってほしいと思っているわけではないし、たとえ同じ立場に陥《おちい》ったとしてもその逆境を跳ね返すだけの力が彼にはある。

けれど、碧にはなかったのだ。ただのお嬢様だった。

碧自身がもっと勉強や経済に興味を持っていれば違ったかもしれないが、そういうこともなく、そもそも、それを父が良しとしなかった。娘には、難しいことを知らずに真綿に包まれた世界で幸せであれと願っていた。

その結果、なにも持っていない人間になってしまった。

「叔父さんに、会社も家も取られた時。手元に残ったのは些細《ささい》なものばっかりだった。今までの生活と異なる生活は苦しかったし、どうしてという気持ちも強かったよ。愛だけじゃやは人は生きていけなくて、お金の余裕がなければ心が豊かになることはないんだって知った」

もう令嬢に戻りたいとは思っていないし、華道や茶道は好きだったが、そこで友人とお茶をして家に帰るということに、ときめかなくなってしまった。

どちらかといえば、同僚だった七海と仕事帰りに食事に行くほうが楽しいのだ。

「だからね。煌雅くん、私は外の世界の人たちと出会える機会を失いたくないの」

「外の世界って、別に碧のことを家の中から出さないわけじゃない。出したいわけでもないが」

小さな声ではあったが、彼の本音が垣間《かいまみ》見える。

「碧が言いたいこともわかる。わかるが……」

煌雅が口を閉ざす。

理性では理解していても、感情が拒否をする。その気持ちは碧にもよくわかった。

「俺の妥協案は聞いてもらえないってことだよな」

「煌雅くんが転職先を紹介してくれるってこと？」

「ああ」

「ありがたい話だし、コネだろうとなんだろうと紹介してもらえるのは嬉しいとも思うよ」

では、自分はいったいなにが嫌なのだろうか。

煌雅に治療費を返済したいのならば、早急に仕事を見つけるべきだ。たとえ煌雅の紹介であったとしても、碧に拘《こだわ》りがないのならばそうしてもらうのが一番いい。

それに、煌雅の紹介であれば変な会社ではないだろうし、なにより彼が安心してくれる。

利点があることを理解できているというのに、なぜ自分は煌雅の紹介が嫌だと思うのだろうか。

煌雅に紹介してもらうのであれば、なにかあった時に彼の責任になってしまう可能性がある。もちろん、働くのは碧だしミスは碧自身のせいだ。

けれど、煌雅の紹介というだけで碧の評価はイコール彼の評価になる。

まずそれが嫌だった。もちろん、碧自身しっかり仕事をするつもりだしできるだけ迷惑をかけないようにするつもりだ。雇ってもらい働きお金を稼ぐのであれば、その責任をもって働きたい。

それでも、嫌なことを言う人は必ず存在する。

ただ、それが一番の理由にはならない。

「碧？」

「なんか、わかった気がする」

「なにがだ？」

「私は、まず煌雅くんに迷惑をかけたくない。だから、煌雅くんが紹介する会社はできるだけ避けたい。それと、別の場所で働いていれば煌雅くんになにかあっても、不安定なことになる可能性は低い。なにより、私はやりたいことを見つけたいんだと思う」

そう、やりたいことがほしいのだ。

碧自身が求め、決めて、決意をしたい。

けれど、碧がやりたいことを探すのであれば時間がかかる。

明日すぐに見つかるものでもない。

「やりたいこと……か。いいんじゃないか」

「え、どうしたの？　突然」

「俺たちみたいな人種は、やりたいことをやりたいで進められないだろう。家のことや、家族のこと、家を継がなかった場合の皺《しわ》寄せがどこにいくのかとかをどうしても考える。そんなもの背負わせられても困ると思う一方で、その分さまざまなことを教えてもらっている」

もちろん、そういったものをすべてはねのけて、好きなことをする人だっている。けれど、大半はそのレールを踏み外さないギリギリのラインで過ごしていく。

結婚だってそうだった。

だから、安易に将来のやりたいことを決めることはできなかった。

けれど、いまはそれができる。

「俺が嫡男じゃなかったら、碧の家に婿《むこ》入りしてただろうな。仕事の内容自体も楽しそうだったし」

「それがやりたいこと？」

「叶わない、やりたかったことだな」

そういう未来もあったのだと、切なくなった。

「だから、碧がやりたいことを見つけたいならいいと思う。それが一番いいことだとも思うしな。ただ、条件がある」

「条件？」

「俺は全力で応援するしバックアップだってする。だが、就職する場合はきっちりその会社を調べて、俺がよしとしたらだ。いくら、やりたい仕事だったとしても、身体を壊したり法に触れたりする可能性のある会社だったら許可はできない」

「うん」

碧は彼の優しさに、嬉しくなって笑みを零《こぼ》す。

煌雅は、深く息を吐き出した。

「結局、俺は碧に弱いんだ。碧がやりたいことなら全部叶えてやりたくなる」

「煌雅くんに甘やかしてもらうのは嬉しいけど、甘やかしすぎはやっぱりよくないと思うの。だから、私もしっかりするね」

ぐっと、握りこぶしを作ってみせる。

「たくましくなったな」

「え、筋トレの効果が出てるかな？」

「意味が違う」

煌雅が声を上げて笑うので、碧もつられて笑った。

「とりあえず、自分をせかさないことだな。自分がなにを好きなのか、なにをやりたいのか、考えてみな」

「ありがとう。わがまま言ってごめん」

そして治療費を返済するのに時間がかかってしまうのは、やはり心苦しい。

やりたいことを見つけるまで、副業として小銭稼ぎのようなことができればいいのだが。なにかないか、考えてみよう。

「あー、ただキャバクラとかクラブとかだけは辞めてくれ」

「なんで？」

「やりたいのか？」

「いやいや、そういうわけではなくてね。ほんの数時間だったけど、凄く大変な仕事だもの。スケジュール管理とか、自分のお客様の好みとかプレゼントの把握とか、いろいろあるみたいだし、会話がうまくないとつまらなくさせてしまうもの。なにより、夜の仕事だと煌雅くんと生活時間が違っちゃうじゃない」

「そう、か。うん。なにより、着飾ってる碧を他の男に見られると思うと、そいつらの目を潰してやろうと思うからな」

煌雅の口元は笑っているが、目が全く笑っていなかった。

夜の仕事だけは、周りの人たちのためにも選ばないようにしよう。

「ねえ、煌雅くん。今日は予定あるの？」

「いや、特にはないが」

「それなら一緒に散歩しに行かない？」

煌雅は目を瞬《しばた》かせるが、すぐに笑みを零《こぼ》してくれる。煌雅のような人からすれば、散歩なんて子どもっぽいデートかもしれないが、碧は彼と一緒になにもしない時間が好きだった。こうして、ただ、話をする穏やかな時間が。

いい天気だったのもあって、二人で近くを散歩してカフェでご飯をした。

帰りに夕食の買い出しもする。煌雅のリクエストで、オムライスを作ることにした。

「オムライス好きだったっけ？」

「なんだろうな。気分だよ」

リクエストされると、やはり作る気持ちが違う。

せっかくなので、デミグラスソースを作ってみた。

ふわふわの卵と一緒に食べたオムライスはとても美味しかった。

食事を終えてお風呂に入る時に、煌雅からショップ袋を手渡される。

「なあにこれ？」

「それ、着て。お仕置きするから」

「……え？　あれ、まだ有効だったの!?」

「当たり前だろう。アレはアレ、コレはコレだ」

どうやらお仕置き開始のようだ。煌雅がとても楽しそうに微笑んでいるので、碧は唇を尖らせながら風呂場に向かう。

そこで、一つ思い立ったことがあり一度風呂場から出る。リビングにいた煌雅がこちらを見た。

「どうした？」

「忘れもの」

寝室へ向かい、クローゼットのなかからちょうど良さそうな紐を探す。太すぎず細すぎないもの。

目に入ったのは、ワンピースを着る際に腰に巻くリボン。触り心地もいいので、痕になりにくいだろう。

その紐をベッドの下にひっそりと隠し、碧は満足げに頷いて風呂場へ戻る。

お風呂上がりにショップ袋を開けて愕然《がくぜん》とした。

「うわあ……」

薄いピンクのベビードールと下着のセット。上も下も、一番隠したい部分にスリットが入っていて、下着の意味をなしていない。こんなに卑猥なものは初めて手にした。

それを着ろとは、なかなかハードルが高い。

それでも、着なければお仕置きが余計に増える気がしたので、諦めて着てみる。

隠したい部分が開いていなければ、ひらひらとしたフリルが可愛いのだけれど……

ただでさえ煌雅に見られる前から胸の頂《いただき》が主張を始めていて、とても恥ずかしい。

かといって、ここにずっといることはできない。

碧は、息を深く吐いて背筋を伸ばし、脱衣所を出る。扉を細く開けて寝室を覗くと、煌雅はベッドに座って本を読んでいた。

「どうした、おいで」

「おいでと言われましても……」

「ほら、早く。えっちな碧を見せて」

「えっちって言わないで」

おずおずと寝室の中に入る。

薄い下着は心許《こころもと》なさすぎて、碧は身体を両腕で抱きしめ足をもじもじとさせた。

「手、下ろして。まっすぐ立って」

なんて意地悪なことを言うのだろうか。これだったら、さっさとベッドに行って寝転んでしまえばよかった。

それでも碧は言われた通りに両手を下ろす。

「うん、とても綺麗だ。碧の肌はこの色がとても映えるよ」

煌雅にじっと観察される。

「もっと、こっちに近づいて」

視線が熱い。

碧は煌雅の言葉に操られるように足を進める。ベッドのそばまでくると、すぐに腕をとられて押し倒された。煌雅の指が、碧の頬から首筋を辿り、スリットから見える胸の頂《いただき》に触れる。

「まだ、何もしていないのに主張しているな」

「恥ずかしいからだよ」

「そうか、恥ずかしいと胸が尖るんだな。いいことを聞いたよ」

楽しそうに笑いながら、彼はベビードールにも触れる。

「生地の質感も触り心地も申し分ない」

「こういうの、どこで手に入れるの？」

「ん？　ネットだな」

「贈ったことあるんだ。私以外に」

「……妬《や》いているのか？」

「過去のことだけど、面白くはない。でも、それより煌雅くんがそうやってにやにやするのが嫌」

「初めてだよ。こんなものを贈るのは。ちなみに、ここのブランドはヨネから聞いた」

「米田くん？」

「付き合ってる彼女がこういうのに詳しいんだと。それより、いい雰囲気が途切れたほうを気にしてほしいんだが」

煌雅は呆れたように笑っているものの、その手の動きは変わらず官能的だ。

すぐに、彼の雰囲気は甘く淫靡《いんび》なものへ変わっていく。

指が、碧の胸の頂《いただき》に触れた。指の腹でぐりぐりと刺激され、碧の口から甘い息が漏《も》れる。

スリットから見える乳首がいつもより主張しているようでさらに恥ずかしくなり、両腕を目の上で交差させた。

「恥ずかしくて見ていられない？」

煌雅が楽しそうに言う。

「見ていても、見てなくても、やることは変わらないけどな」

両胸を持ち上げるように揉み、乳首を弄《いじ》った。

見えていないと、次に煌雅がなにをするのかわからなくて、不安と期待が募る。

かといって、腕を外す勇気はなかった。

ふっと胸の頂《いただき》に息を吹きかけられると、無意識に腰が動く。思わず喉がごくりと動き、さらに恥ずかしい。すぐに乳首をべろりと舐められくわえ込まれた。

「ひぁあっ」

じゅるじゅると乳首を吸い上げられ、舌で扱《しご》かれる。もう一方の乳首は、カリカリと軽く爪を立てられた。

「んあ、んっあ、ああっ」

嬌声《きょうせい》が止まらない。

胸を舐めていた舌が、首筋やお腹も這《は》う。そのまま、下腹部へと向かった。けれどなぜかそこで両脚を抱えられる。

「え？　な、なに？」

碧は慌てて、腕を外してそちらを見た。すると煌雅が、待っていたとばかりに碧の踵《かかと》を舐める。

「ひんっ」

未知の刺激に碧の身体がこわばった。煌雅は、舌を土踏まずに這《は》わせ、足の指をくわえる。

信じられない行為に、目の前がチカチカした。

碧の知識の中にこんな行為はない。友人に聞いた話には、ここまで過激なものはなかった。

足をじたばたと動かして抵抗する。

「や、やだやだ。そんなところ舐めないで！」

「なんでだ？　碧は足の先までいい香りがするな」

そんなはずないのに、煌雅はうっとりした顔で碧の足の指を丁寧に舐めしゃぶっていく。

どんどん足の指がてらてらと光っていく。

碧はどうにか逃げようとしたものの、彼の腕は強く、できなかった。抵抗むなしく、すべての足の指を舐められる。

もう碧の身体で、彼が舐めたことがない場所はないのではないか。

そして煌雅は、碧の両脚を開かせた。大事な部分にスリットの入った下着では、碧の秘所が丸見えだろう。すでに見られたことがある場所とはいえ、羞恥《しゅうち》を覚える。

けれど、そんな碧の反応が煌雅を煽《あお》っているようだ。

碧は深く息を吐き出し、なんとか落ち着こうとした。

ところが、彼に触れられただけで理性が蕩《とろ》けてしまう。

彼の手が触っている場所が熱くなり、そこからじっとりした汗が滲《にじ》んだ。

もっと触れてほしい。舐めてほしい。この身体をくまなく愛してほしい。

「ああ、もう濡れてる」

くぷっと彼の指が膣内に入り、膣壁をぐりぐりと刺激された。

「うあ、んんっ」

「さすがに俺の指に慣れてきたか」

「う、れしそうに言わないでっ」

「嬉しいに決まってるだろ。碧の反応を知っているのは俺だけで、この先も俺だけしか知らない。

そう考えると何度だってヤれそうだ」

「下品っ」

「男なんてそんなものだよ」

指が抜かれ、彼の顔が秘所に近づく。

恥ずかしいという気持ちは消えないが、そうされた時の快楽が蘇《よみがえ》り抵抗する気は起きなかった。

期待でひくひくと下腹部が疼《うず》く。碧は下唇を軽く噛んで、彼からの刺激を待つ。

それなのに、期待した愛撫《あいぶ》がなかなかなされない。焦れて彼を見ると視線が合った。煌雅は口の端を吊り上げ、碧の両脚を持ち上げる。顔の近くに膝《じ》を固定された。

折り曲げられたその体勢は苦しい。

煌雅はじっと碧を見つめ、舌を覗かせた。そして見せつけるように、その舌を秘所に挿入させる。

目から入ってくる刺激に、脳が羞恥《しゅうち》で一杯になった。

ぐちゅぐちゅと淫猥《いんわい》な音が部屋を満たしていた。

そこに当たる彼の息ですら、甘い。秘豆に舌先が触れ、しゃぶられた。

「んぁあっ、あ、あ、あっ」

我慢できず嬌声《きょうせい》が零《こぼ》れる。

じゅっと強く花心を吸われ、碧は身体を痙攣《けいれん》させて達した。

「あ、あっ」

頭に血が上《のぼ》り、全身が火照《ほて》る。心臓がどくどくと脈打っているのがわかった。

やっと煌雅が服を脱ぎ捨て、避妊具を装着する。乱れた息を整え、碧はなんとか身体を起こした。

「どうした？」

「うん、そこに座って」

そう頼むと、煌雅は不思議そうにしながらも従ってくれる。ヘッドボードを背に碧と向かい合った。

それを確かめて、碧は次の指示を出す。

「両手を交差させて」

「なにか面白いことでもしてくれるのか？」

「うん」

枕の下に隠しておいた紐を取り出して、彼の両腕を一つに結んだ。

「……こういうプレイがお好みで？」

「煌雅くんは、私にお仕置きしたじゃない。私もお仕置きするの」

「俺はどういう罪？」

「キャバクラ？」

何か特別な感情があったわけではないといっても、きれいな女性がたくさんいるところに出入りしたことがあるというのはモヤモヤする。理解はできても、気持ちは晴れない。

「それに煌雅くんは、お仕置きという名目でこれを着せたかっただけでしょう？　私も自分がしたいようにするの。ダメじゃないよね？」

碧はそこで言葉を切り、煌雅の耳元に唇を寄せて囁《ささや》く。

「煌雅くん、わかってて縛られたでしょう？」

彼が小さく笑う。

碧はぞくぞくした。彼の前に膝立ちになって、ひらひらとしたフリルを少しだけ上げる。

煌雅がごくりと喉を鳴らした。

普段こういう表情の彼を見ることはない。

焦《じ》らして、焦《じ》らして、おあずけと言ったら、彼はどういうふうになるのだろう。

けれど、今日は碧も彼が欲しかった。だから想像だけにとどめる。

いつか、そういうことができたらいいなと考えながら、碧は彼の肉棒に触れる。

それはすでに、がちがちに固くなりそそり勃《た》っていた。亀頭をぐりぐりと刺激すると、煌雅の眉間に皺《しわ》が寄る。

「あんまり弄《いじ》られると、外で出しそう」

「それは、ちょっともったいないかも」

碧は煌雅の頬に唇を寄せ、肉茎に手を添えてゆっくりと自身に挿入していった。

濡れそぼっている秘口は簡単に彼のものを受け入れていく。挿入すればするほど、頭の中が赤く染まった。快楽を求める身体に、頭が危険だと警告している。

それを無視して、碧はさらに煌雅の肉棒を自身の内へ招き入れる。

警報音が鳴り響き、碧はそこで身体を止めた。焦《じ》れた煌雅が、熱い息を吐いて碧を見つめる。

「どれだけ焦《じ》らすんだ」

「だって、怖い」

「なにが？」

「わかんないけど、脳が危険だって……」

「ふうん」

すると煌雅は、ニヤッと楽しそうに笑った。

碧はまたゆっくりと肉棒を受け入れていく。どんどんお腹が圧迫され、苦しい。それなのに満たされていると感じた。

大学生の友達に性行為の話を聞いた時は、なにがいいのかわからなかったし、してみたいという気持ちも湧かなかった。

けれど、今なら少しわかる。言葉では足りない、相手の身体を隅々まで知る行為。

こうして一つになることで、満たされるものがある。

「んっ」

「やっと全部挿入《はい》ったな」

「どう動けばいい？　上下？　左右？」

「あー、抜けないようにゆっくりといろいろとやってみな？」

腰を上げて下ろしてみたが、すぐに抜けそうで碧はひやひやする。左右に動かしてみても、どうも気持ちよくはない。

碧は煌雅の腹筋に手のひらを置いて悩んだ。唇を尖らせていると、煌雅がその唇にキスをする。

「ちょっと、身体こっちに寄せて」

言われた通り煌雅に寄りかかると、彼は縛られた両腕の中に碧を入れ背中をぐっと支えてくれた。

「これなら動きやすいだろ」

碧はその状態で、ぴったりと身体をくっつけ前後に揺れる。すると感じる場所にあたった。

「ん、んっ」

生み出される快感に没頭する。

けれど碧が気持ちよくても、煌雅にとっては拷問《ごうもん》だったらしい。ギリギリと歯ぎしりし、眉間の皺《しわ》を深くする。

「どうしたの？」

「足りない」

「なにが？」

「刺激が足りない。あー、悪い。我慢できんっ！」

煌雅はぐっと碧の腰を引き寄せ、突き上げるみたいに腰を振った。碧の身体がぐらりと揺れる。

「ひあっ」

煌雅が碧のおとがいを舐めた。胸元に顔を埋《うず》め、膣壁を擦《こす》り、膣奥をぐりぐりと刺激する。

生殺しにされたことへの逆襲のように激しい。

今の碧では、こんな風にできない。

こんなに圧倒的な快楽を与えられたら、溺れてしまう。理性が悦楽の波に浚《さら》われ、脳髄《のうずい》が溶けていく。

「くっ、碧、出るっ」

「ひぁ、あっあ、あぁぁああっ」

最後に膣奥を穿《うが》たれ、碧は一際高い嬌声《きょうせい》を上げた。身体の力が抜けていく。

絶頂を迎えた膣が蠢《うごめ》き、彼の肉棒を刺激して、薄い膜越しにびゅーびゅーと白濁が出されるのがわかる。

そして二人は、乱れた息を整える前に、お互いの唇を貪《むさぼ》り合った。


深夜。碧はふと、目を覚ました。

煌雅との行為はいつも激しく、碧はすぐに眠ってしまう。

軽く唸《うな》りながら彼の身体にくっついた。

「起きたのか?」

「ん、煌雅くん……起きてたの?」

「寝付けなくてな。明日は休みだし一晩中起きていても問題ない。……ああでも、碧も起きたなら渡したいものがあるんだ」

「渡したいもの?」

煌雅がベッドの下から袋を取り出し、それを碧に手渡す。

真っ白なその袋を開けると、白い箱が入っていた。

碧は首を傾げつつ箱を開ける。そこには——腕時計があった。

「え⁉　これ！」

「親父さんの形見の」

「どうして……どこで見つけたの？」

「碧が住んでいたアパート付近の質屋をしらみつぶしに探させたんだ。それで、一昨日《おととい》連絡が入った」

腕時計の裏には碧の名前がしっかりと刻まれている。

「あそこに入った空き巣《あす》はプロとは言いがたいな。こういう名前が刻まれているものは、質屋では売れにくいんだ」

煌雅は照れた様子でいろいろと話を続けている。

碧は純粋にただただ嬉しかった。

唯一の形見が戻ってきた。これを喜ばない人間はいない。

「あり、がとう」

ぽたぽたとシーツに涙が落ちる。

碧は腕時計をぎゅうっと抱きしめた。もう一度、父に会えたような気持ちだ。

声を殺して泣く碧を、煌雅が優しく抱きしめる。

「声を上げたっていいいんだ」

「我慢、するのっ、くせになっちゃった」

あのアパートはとても壁が薄く、隣の部屋のテレビの音が聞こえるほどだった。だから、音が出る行為は極力我慢していたのだ。

もちろん、泣きたい時も。

喉をぎゅうっと強く絞って、息を殺して下唇を噛んで……

「俺の前ではいいんだ。どれだけ大きな声で泣いたっていいんだ」

優しく背を撫でられ、碧は泣き続けた。

第六章　水を得た魚のよう

いよいよ碧の母が仕事に復帰する日が迫ってきた。

忙しくなる前にと、明日から碧と煌雅の三人で一泊二日の温泉旅行をする予定だ。

計画はすべて煌雅任せであり、碧も宿泊先は知らないが、彼が選ぶ場所なのできっと高級旅館なのだろう。ところが、旅行鞄に荷物を纏《まと》めていると、母から電話がかかってくる。

「母さん？」

『あ、碧？　急で悪いんだけど、私、明日キャンセルさせてもらうわね』

「はあ？」

『いやあね。昔の友達が明日しか会えないっていうの。そっちを優先するわ。碧は煌雅くんと二人で楽しんでらっしゃいよ。ますます仲を深めるのにちょうどいいんじゃない？　申し訳ないんだけど、よろしくね』

言うだけ言って、母は電話を切った。

いままで、母はそんな自由なタイプではなかったので、碧は驚く。

けれど、思い当たる節もあった。今回倒れたことで、多くを我慢し口を閉ざしてきたのをバカバカしく思ったのかもしれない。母はいつも、耐える人だったから。

それだけでなく、碧も仕事復帰の件で、煌雅とはまだ少しギクシャクしている。母はそれに気がついていたのだろう。もしかしたら、友人に会えるというのも嘘かもしれない。

碧は仕事をしつつ、彼を支えたい。煌雅は碧に仕事をさせず、家にいてもらいたい。

互いの気持ちを理解し合うことはできたし、煌雅は碧が働くことをよしとしてくれた。

もちろん、いろいろと条件があるし、すぐに見つかるものでもない。

ただなんとなく、お互いに感情を昇華できていないようにも感じる。

どうしようかと考えていると、煌雅が現れた。

「碧？　どうした」

「母さんが急用で、明日は駄目だって」

「そうなのか？　じゃあ、どうする？　行くのやめるか？」

「ううん。せっかくだし、キャンセルするのもったいないから行く」

「無理しなくても、一言キャンセルって言えば終わる話だぞ」

「いいの。私も温泉に入りたい」

碧がそう言うと、煌雅はほっとしたように笑った。

「そうか、おばさんの分だけキャンセルの電話をしとく」

「はーい」

煌雅は一言でキャンセルは終わると言ったが、直近でのキャンセルはキャンセル料がかかるものだ。当日だと百パーセント、前日であれば五十パーセントというところが多い。

もし母の分のキャンセル料がかかるのであれば、それも上乗せして彼に返さなければ。

電話を切った煌雅に声をかける。

「大丈夫そうだった？　キャンセル料とかかかるよね？」

「ああ、問題ないよ」

やはり煌雅はそう言って笑うだけだ。

彼はこういった時の費用などを、碧に隠す。気にしないでほしいという気持ちゆえなのだろうが、やはり碧は気にしてしまう。

どうせ聞いても答えてもらえないだろうから、のちに調べてメモをしておこうと決めた。

翌日、朝食を取った後、煌雅と一緒にエントランスを出る。

いつもの米田の車に乗り込んで、やがて空港にたどり着いた。

すぐに搭乗手続きが済み、飛行機の座席に収まる。

「……そうよね。こういう感じだったわ」

碧はすっかり、近場の温泉に車で向かうものだとばかり思っていた。

だが、煌雅のやることだ。車での移動程度では済まなかった。

約一時間半のフライトを経《へ》て、九州に降り立つ。空港からタクシーに乗り一時間ほどで、予約していたという温泉宿に着いた。ホテルの前で呆然とする。

「ここが、温泉？」

「そうだ」

どう見ても、おしゃれなレストランのような建物だ。

周囲は田んぼで雄大な景色が広がり、電車の線路が見える。

碧は煌雅に促《うなが》され、二人でカウンターに向かう。

「九条です」

「お待ちしておりました。お部屋のご案内をさせていただきますね」

この宿の客室は離れになった三つのヴィラだけだという。煌雅は二部屋予約しており、もう一部屋は空《あ》きだった。

「え、貸し切り……」

「そういうことになるな。静かでちょうどいいだろ」

「ご予約はこちらのお部屋とのことでしたが、本日はどの部屋も空《あ》いております。お部屋を見てから、お決めになりますか？」

「どうする？」

「ぜひ！」

「承知いたしました」

碧は宿の案内を頼んだ。

一つ目のヴィラは土蔵《どぞう》をモチーフにしたものだった。家具はシックなレトロモダン風で統一されている。テラスに露天風呂が併設され、そこで涼《すず》めるようにクッションソファーとテーブルが設置されていた。そこから、先ほど外で見かけた線路が眺められるそうだ。

二つ目のヴィラは、石をモチーフにしているらしく、ヨーロピアンな雰囲気が味わえる。家具は北欧風で、おしゃれなデザインのダブルサイズのベッドが二つ置かれていた。こちらは檜《ひのき》の内風呂と石畳の露天風呂がある。

そして最後は、石造りの黒い外観のヴィラだった。広々としたウッドデッキからは田園風景が見渡せ、近代的なデザインのキングサイズのベッドと相まって勇壮な印象を受ける。内風呂と露天風呂が繋がっており、碧は冒険心をくすぐられた。

「どこも素敵だなあ」

ため息をつくと、煌雅が言う。

「二つ目以外なら、俺はどっちでもいい」

「なんで二つ目は嫌なの？」

「ツインだから」

「じゃあ、最後の部屋にします。内風呂と露天風呂が繋がってるのが、たまらなくいい……」

チェックインをした二人は、荷物を運んでもらい、さっそく革のソファーに腰をかけた。

「お夕食は何時頃にいたしましょうか？」

「決まってないんですか？」

「本日は九条様の貸し切りですから」

「俺は何時でもいいよ」

「それじゃあ、七時頃でお願いします」

「かしこまりました。なにかございましたら、フロントにご連絡ください。それでは、ごゆっくりおくつろぎください」

フロントの女性が退室すると、碧はウッドデッキに出てみる。

午後三時の広々とした田園には、ぽつりぽつりとしか人が見えない。とても穏やかな場所だ。

「凄く静か」

「有名な宿は他にもあるし、そっちでもよかったんだけどな。こんな場所のほうがゆっくりできると思ったんだ」

「そっかあ。あーあ、母さんも来ればよかったのに」

「急用ってなんだったんだ？」

「……さあ？」

なんと説明すべきか悩んで、結局、碧は言葉を濁す。

「まだまだ時間があるよね。あー、なんかのんびりするね」

「贅沢《ぜいたく》だよな」

二人はそこで、ゆっくりとした時間を過ごした。

碧はともかく、煌雅は普段忙《せわ》しない。こんな風にぼんやりできる時間はとても貴重だろう。

碧は部屋の中を見て回り、目についたものの置き場所を変えてみた。

「どうしたんだ？」

「あ、この置物とこの置物、場所が逆のほうが見栄《みば》えがいいなあって」

黒い猫の置物と白いウサギの置物を持ち上げる。黒は壁際の棚にあり、白いウサギは窓の近くの棚にあったものだ。壁に白いウサギがあったほうが、目を引く。そして窓際に黒い猫を置いたほうが日差しでキラキラして素敵だ。

「そういえば、碧って昔からこういうの好きだったよな」

「そうだっけ？」

「そうだよ。パーティーに参加してる時も、会場中を見て回っては、あの花はこっちのほうがいい、この花は玄関に置いたら香りが広がるとかって」

「そ、それは、とても迷惑だったよね……」

相手は客なので、周囲は注意できなかったのだろう。いま考えると無作法だし、恥ずかしいばかりだ。

「まあ、碧のセンスは間違いなかったから、誰も文句を言わなかったけどな」

「言えないの間違いでは？」

いまも無意識に同じことをしていた。気をつけねばならない。これでは、嫌な客になる。

このインテリアを配置した人だって、きっと意味があってここに置いたのだ。

碧は、置物を元の場所に戻す。

「わ、私、館内を見てこようかな」

なんとなくばつが悪くて、変にどもってしまう。

「たしか、バーもあったな」

「飲むのは、まだ早いんじゃない？」

「バーでも紅茶くらい出すだろ」

時間帯によって提供するメニューを変える店は珍しくない。

メインの館の中にあるバーへ向かうと、煌雅が言った通り紅茶やコーヒー、ちょっとしたケーキなどが置いてあった。

「お好きなものをご注文ください」

「ああ、太ってしまう。……太ってしまうけど、ケーキを全種お願いします！」

「かしこまりました」

碧が思い切って注文すると、煌雅が笑う。

「好きなように食べればいいだろ」

「だって、太りやすい体質だし……この間のドレス、また着たいもの」

「そうか、なら俺と全部半分ずつにすればいいな」

「ありがとう」

煌雅は甘いものが結構好きだ。特にチョコレートに目がない。

チョコレートケーキを口にした煌雅の目尻が下がる。碧はそんな彼の表情がとても好きだった。

二人でケーキを半分こし、紅茶を飲んだ。

このバーからも外の風景が眺められる。雄大な景色を楽しみつつ、夕方までアフタヌーンティーを堪能《たんのう》した。

その後は特産品がたくさん使われた夕食に舌鼓《したつづみ》をうつ。おいしいご飯というのは、こんなにも人を幸せにできるものなのか。

そしていよいよ露天風呂に入ることにした。

碧は鼻歌を歌いながら風呂に行き、身体を洗う。髪の毛をクリップで纏《まと》めて、まず内風呂に入った。

檜《ひのき》の香りがして、もの凄く気持ちがいい。

仕切りを開けると、外に繋がっている。

そこから、ゆるゆると外へ向かった。この近辺には街灯や家がないため、夜空が澄んでいて星と月が綺麗だ。その夜空を見て、ずいぶん昔、両親と一緒に行った旅行を思い出す。

もう、どこに行って、どんな風に過ごしたのかも記憶にはないが、夜空がとても綺麗だったことは覚えている。

　思い出というのは、こんな風に顔を出すのか。心に余裕がなければ、思い出せなかったかもしれない。そんなことを考えつつ、夜空を見てしみじみ呟く。

「……凄い」

「本当だな」

　ふいに煌雅の声がする。碧は驚いて振り返った。

「ひぇっ！　いたの⁉」

「気がつかなかったのか？　せっかくだから一緒に入ろうと思って」

「あー、びっくりした。心臓がバクバクいってる」

　煌雅と並んで露天風呂に浸《つ》かる。二人でぼんやりと空を見上げ続けた。

「星ってこんなにあるんだね」

「あっちだと、ビルの光で星なんて見えないからな」

　人工的な夜景も美しいけれど、自然の美しさには心が洗われる。

　しばらく二人でのんびりと露天風呂を堪能《たんのう》していたが、さすがにのぼせてきた。

「そろそろ、あがるね」

「そうだな。俺もすぐに行くよ」

　碧は風呂を出て、髪の毛を乾かす。

　宣言通り煌雅もすぐ風呂から出てきて、鏡の前にいた碧の隣に座った。

「もう少し待ってね」

「ゆっくりでいいよ」

彼が鏡越しに碧をじっと見つめているのがわかる。そんなに見つめられると恥ずかしいので、やめてほしい。自分の髪の毛を乾かし終えてから、ドライヤーを煌雅に渡した。

スキンケアを済ませて彼を見たところ、ドライヤーを使わずにめんどうくさそうにタオルで拭いている。

「煌雅くん！　もう、髪の毛柔らかいんだし、ちゃんと乾かさないと傷《いた》んじゃうよ」

「別に、まとまればそれでいいしなあ」

「貸して、乾かしてあげる」

ドライヤーを貰い、彼の髪の毛を乾かした。

さらさらで柔らかい髪の毛に触れていると、とても気持ちがいい。シャンプーの匂いが香ってくる。宿が用意したものを使用したのだろう。普段とは違う香りがした。碧は煌雅の髪に鼻を寄せる。

「どうした？」

「んー、いい匂いだなって思って」

「俺は碧のもっと濃厚な香りを嗅《か》ぎたいな」

「濃厚な香り？」

いったいなにを指しているのかわからず、言葉を繰り返す。

煌雅が艶《つや》やかな笑みを浮かべている。なにがいけなかったのかはわからないが、どうやらスイッチが入ってしまったようだ。

「まだ着替えてないのが、いいよな。この紐を取ってしまえば――」

そう言って彼は碧のバスローブの紐をはらりと取る。

当然、バスローブがはだけ、彼の眼前に裸体がさらされた。

「わっ」

碧は慌ててバスローブを拾おうとしたが、腕を掴まれる。

「旅行がいいのは、ちょっとぐらいハメを外しても大目に見てもらえるところだな」

「ちょ、煌雅くん」

煌雅は碧を抱きかかえ、ベッドルームに移動した。

暖房で暖められているとはいえ、風呂上がりの身体には、この部屋の温度は少し低い。

「ちょっと、まさかっ」

煌雅は碧を窓の前で下ろした。

碧は窓に両手をつく。目の前にあるはずの田園風景は真っ暗で、なにがあるのか視認できなかった。

「こんな時間に人は歩かないらしい。ほら、明かりが遠いだろう？　壁もあるから誰かに見られることはない。安心しな」

「あ、んしんできるわけないよっ！　見られる可能性がちょっとでもあるなら、恥ずかしい」

「大丈夫。望遠鏡があったって覗けやしない」

そう言うと煌雅は、碧の柔らかな胸をぐにぐにと揉みしだき、後ろから首筋を舐めた。

ひんやりと冷たい窓に身体が当たって、鳥肌がたつ。

けれど、どんどん身体が火照《ほて》り、次第に窓の冷たさが気にならなくなってきた。

甘い息を吐きながら、碧は煌雅のいやらしい手を受け入れる。

彼は胸の頂《いただき》を指の腹で潰したり、摘まんだり扱《しご》いたりしつつ、もう片手で碧のお腹を優しく撫でた。それだけで、下腹部が疼《うず》く。彼の舌が首筋から肩甲骨へ向かう。

その間も、愛撫《あいぶ》は止まることはなく、お腹にあった手は太ももの付け根に移動した。柔らかな茂《しげ》みに指が這《は》い、双丘をくにくにと弄《いじ》る。

全身を攻められた碧は、力が入らなくなっていく。

どうにか両脚で踏ん張ってはいるが、上半身はずるずると下がり、煌雅にお尻を突き出すような格好になった。そんな碧のお尻を、煌雅が両手で揉む。

「ひぁっ」

「丸くて、可愛いな」

「なに、言ってるのよ」

「碧が可愛くないところなんてどこにもないな。柔らかくて、ふにふにしてて、どこもかしこも触り心地がいい。全身に俺のを、染みこませたい」

最後は小さな声になる。碧には、そこに彼の本音があるような気がした。

ふいに彼が膝立ちになって、碧のお尻を左右に広げる。

「やあ、それは、恥ずかしすぎるから……っ！」

「見ていない場所なんてないほどに、いろんなところを見てるのに、いまさら恥ずかしがることがあるのか？」

「あ、あるよ。というより、いつも恥ずかしいのっ」

「そうか、恥ずかしいのか。なら、恥ずかしさなんて忘れるぐらい快楽に溺れような」

煌雅はそう言うと、碧の太ももに伝う粘《ねば》ついた液を舐めながら、秘口に舌を入れていく。

そして、ぬぽぬぽと抽挿を繰り返した。浅い部分や膣壁を舐められるたびに、腰が震える。

突然、彼の指が秘豆を摘まんだ。

「あぁぁ、あ、あ、あぁあ、んぁあっ」

碧は嬌声《きょうせい》を上げて、達してしまう。零《こぼ》れていく愛液を煌雅が飲み干していく。

「ひんっ、ああん、あっ」

「飲んでも飲んでも、溢れてくるな」

窓に映る彼が親指で口を拭《ぬぐ》う。その仕草がたまらなく官能的だ。

そして煌雅は、碧の腰を抱えた。

「ちゃんと、立って」

上半身を起こされ、窓に身体を押しつけられる。熱い身体には、窓の冷たさがちょうどいい。

彼の肉棒が碧の中に挿入されていく。

「あ、ゴム」

「大丈夫。ちゃんとつけた」

どこにゴムを置いていたのか不思議で不安な顔になると、煌雅が笑い声を上げた。

「この部屋に泊まるって碧が決めた時、絶対ここでやろうと思ったから、近くに隠しておいた」

なんとも用意周到なことだと、少し呆れる。

「碧が大事だから、そこはちゃんとする」

けれど、続いた彼の言葉に、胸が一杯になった。

窓に添えている手に、彼の手が重なる。

ぴったりと背に彼の身体があたり、より深くまで彼の熱棒が達した。

ところが、煌雅はそこで動きを止める。

「煌雅くん、なんで……？」

「いや、気持ちよすぎて。ずっとこうしていたいと思って。それに、もっとちゃんと俺のを感じてもらわなきゃ、な」

彼が下腹部に触れ、そこをぐっと押す。

彼のものが埋まったその場所に感覚が集中し、肉茎の太さや長さを鮮明に感じる。実際見たことも、触れたこともあるのだ。それが自分の内に埋まっていると自覚してしまい、恥ずかしい。

碧が思わず腰を動かすと、ぐっと腰を押しつけられた。

彼の形しか知らない膣内は、彼専用のように肉茎をぴったりと包み込んでいる。頭の中も、彼で一杯だ。

しばらくして、よくやく煌雅が腰を動かし始めた。

最初はゆっくりと、浅い部分を刺激していく。そして突如、激しく腰を揺らし、膣奥を刺激した。

「あっあんあああ」

彼におとがいをとられ、後ろを向かされる。煌雅の舌が碧の唇に触れた。

反射的に唇を薄く開くと、舌が入ってきて碧の舌をからめとる。

粘着質な音が立ち、淫猥《いんわい》な空気が部屋の中に充満していく。

胸の頂《いただき》を摘まれながら膣内を太いもので擦《こす》られると、意識が飛びそうになった。簡単に達してしまいそうだ。

いまの碧は、彼に触れられるとすぐに熱く疼《うず》く身体になっている。足先からやってくる、快感に抗《あらが》えない。

またしても彼が抽挿した。再び身体がびくんと動く。敏感な身体は、彼のどんな愛撫《あいぶ》にも反応する。

力が抜けて膝を折ると、煌雅に身体を反転させられた。固いフローリングの上で覆い被さってくる。普段の彼はこんな乱雑なことはしない。けれど、今晩は余裕がないらしい。碧の胸にむしゃぶりつき、抽挿を繰り返す。

「碧、碧っ、いく、出す。碧の中にっ」

「ん、んっ、きて煌雅くんっ、こうがくんっ」

碧は両腕両脚を彼の背中に巻きつける。

煌雅がぐっと腰を深く押しつけて、碧の膣内に精液を吐き出した。そして、もう一度腰を動かす。すべてを出し切ろうとするその行為を、碧は嬉しいと感じた。

一滴残らずくれればいいのに。

そうして深く息を吐き出した煌雅は、身体を起こす。続いて碧の背に手を添えて起こしてくれた。

「ごめん」

「大丈夫だよ」

「背中見せて」

言われた通り碧が背中を見せると、彼はそこに優しく口づけを落とす。

「少し赤くなってる。余裕がなくて悪かった」

「いいの。余裕のない煌雅くんが見られて嬉しいから」

それは本音だ。余裕がないほど愛されたのだと、碧は理解していた。

煌雅はまた碧に口づけを落として抱き上げる。

「風呂、もう一度入り直そう」

「うん」

その晩、二人は再び温かい露天風呂で身体を温めてからベッドに潜《もぐ》った。

翌朝。碧は肌寒さを感じて目を覚ました。

どうして寒いのだろう？

そう思いながら起き上がる。

すると、碧の隣にいるはずの煌雅がいない。これでは、寒いはずだ。

碧が起きたことに気がついたのか、すぐに煌雅が部屋に戻ってきた。彼はすでに着替えを済ませている。

「おはよう、起きたか」

「うん……起きた」

「もう少しで朝食が準備できるって」

「朝ご飯！　和食かな、洋食かなあ」

「食べるの好きだな」

「好きだよ。食べてる時が一番幸せだったかな……ストレスで食べすぎたりもしたけど」

碧は軽く身支度を済ませる。

朝食は和洋のブッフェで、とてもおいしかった。

非日常はこれで終了だ。帰る支度を済ませて、宿を出た。

煌雅のマンションに戻って、母にお土産《みやげ》を渡す。

「どうだったの？」

「どうもこうも、特になにもないよ。母さんこそ友達と、どうだったの？」

「凄く楽しかったわよ。キャンセルしたのは申し訳なかったけど、会えてよかったわ」

少し疑ってしまっていたが、母は本当に友人と会っていたようだ。とても嬉しそうに笑うので、碧も嬉しくなった。

旅行はまた行けるが、予定が合いにくい人と会うのは難しい。

旅行先の話をしてから、碧は母の部屋を後にした。

一泊二日の旅行はあっという間に終わってしまった。今度いつ、こんなゆったりと過ごせるかはわからない。


それからまた、変わらない暮らしが始まった。

母は仕事に行くようになったが、碧は相変わらず煌雅のマンションにいる。持て余している時間は、ジムと資格の習得に当てた。

時々、高校時代の友人とも会う。勝手に縁を切ったのは碧だったのに、そんなことは気にせず笑いかけてくれる彼女たちに救われた。

だいたいの子は結婚をしていて、子どももいるらしい。旦那さんは有名企業の役員だったり、大手銀行に勤めていたりとさまざまだ。

彼女たちは日々、自由な時間を満喫《まんきつ》している。

エステやネイルに趣味。つねに綺麗であり続けようと努力していた。子どもにも時間を費《つい》やし、充実しているという。子どもの話題も出る。

「そろそろ子どもの誕生日パーティーについて考えなきゃ」

そんなふうに里奈がため息をつく。

「企画が意外にめんどうなのよね」

「子どもにそこまで大がかりなパーティーなんてあった？」

「碧ちゃんも参加してなかった？　友人の誕生日パーティー」

そう言われて、思い出す。

小さい頃はよく友人の誕生日パーティーに参加していた。ドレスを着て、プレゼントを持参するのだ。たいていはどこかの会場を借りて行われていたので、煌雅と一緒に建物内を探検して遊んでいた。

考えてみれば、とても豪勢な話だ。碧自身の誕生日にも、リクエストした色とりどりの料理や装飾をしてもらっていた。

「準備する側になると、ちょっと大変だね」

「そう、そうなのよ！　夫の会社の人も呼ぶから手を抜けないし……かといって子どものためのパーティーでしょう？　変に凝《こ》りすぎてもなあ、って」

「今回はどうするの？」

「まだなーんにも考えてないわ。自宅で開くこととケーキを注文することは決まったけれど、手料理を振る舞うか、ケータリングを頼むか悩んでる――」

友人の話を聞きながら、碧は、過ぎ去った時間を改めて実感していた。

友人たちの結婚式に参加したかったなと、後悔もしている。呼ばれたとしても行けたかどうかはわからないのに。

やはり、自分はいまの生活に満足していないのだろうか？


その日の夕方。碧は気持ちのいい風を感じつつ、ゆっくりと歩いていた。

暖かくなってきたので、近くの公園や庭に花々が咲き誇っている。

今日会ってきた友人たちはみな、生き生きとしていた。自分に自信があって、やりたいことをやって……

一方、自分はどうだろうか。

結局、なんだかんだと言っても煌雅に養われる状態に甘んじている。

もちろん彼が碧を下に見ていることはないが、対等な関係ではない。これは碧の心の問題なのだ。

碧は、元の会社の同僚、七海に連絡を取り、金曜日の夜に会えないかと頼んでみる。

すぐに了承の返事が来た。

煌雅には、前の会社の同僚と食事に行くと伝える。

彼も大学時代の友人と食事に行くことにするので、こちらのことは気にしなくていいとのことだ。

碧が気軽に出かけられるようにという配慮なのだろう。

そして迎えた、金曜日。待ち合わせの時間に駅へと向かうと、七海はすでに待っていてくれた。

「碧、久しぶり。元気してた？」

「うん、前より健康的だよ」

「痩せたよね？　痩せたっていうより引き締まった？」

「いまジムに通ってるから」

確かに前に比べれば痩せたが、おいしいものを食べる機会が増えたせいで、それほど劇的な変化ではない。少し引き締まった程度で、相変わらずお腹周りは多少ぷにぷにしている。

煌雅はそれがいいと言うが、碧自身は満足していない。

これについても改善しなければと、ひそかに誓った。

七海と近くの居酒屋に入り、注文をする。そして、届いたウーロン茶とビールで乾杯した。

「はー、ビールおいしい」

「七海さんビール好きだもんね」

「やっぱりさ、仕事の後の一杯って最高だよ。それで？　なにかあったの？」

七海が単刀直入に切り出す。彼女のこういうところが、碧は好きだ。

どんな時も腹の探り合いなどせず、さっさと目的の話をする。きっかけを探して悩むことなく、話しやすくて助かる。

「七海さん、九条グループってわかる？」

「あー、大手企業のね。あそこの本社の社員って、入社条件に顔面偏差値が入ってるのかってぐらい美形が多いよね」

「そう、なの？」

碧は煌雅の家族と曾根崎、運転手の米田しか知らないので、なんとも言えない。

「うん。その九条グループがどうしたの？」

「私、その九条グループの嫡男、九条煌雅くんと知り合いなの。最近、彼と再会して、一緒に住んでて――」

「情報過多……」

七海は眉間に皺《しわ》を寄せ、テーブルに肘をつく。

「えーっと？　まずはどこから聞こうかな？　どういう知り合いなの？」

「昔、パーティーでよく会ってたの。私、いわゆるお嬢様だったから」

「なるほどねえ。確かに碧って、雰囲気や立ち振る舞いがちょっと私たちと違うよね。少しおっとりしてるっていうか……」

「雰囲気も？」

「うん。特にいまなんか、お嬢様に戻りましたって感じが出てるよ。肌も髪の毛もツヤがいい」

「そうかな？」

ジムに通ったことで、ある程度見た目は変わっただろうと思っていたが、まさかそんな雰囲気が出ているとは。やはり、他人から見た印象は自分が考えるものとは異なるのだと実感する。

「まあ、碧がお嬢様だったってことはわかった。過去形だから、言葉は悪いけど没落したってことでいいのかな？」

「うん。七年前に父が亡くなって、それまでの生活は維持できなかったから、公立の大学に行って、会社勤めして。ただ、その七年間、誰かを頼っちゃダメだって信じて、自立を目標にしていたのね。それで、突然こんな風に仕事を辞めて彼のお金で過ごしていると、とても不安になるの」

「はいはい、わかるわかる。彼からすれば、恋人には家にいて自分に可愛がられるままになっていてほしいけれど、碧は彼に頼りきりは嫌で、自分のことは自分でしたいってことだよね。働いて稼《かせ》ぐ生活を知っちゃうと、働かないでいることに罪悪感も出てくるしね」

せめて碧がすべての家事を任されていれば、もう少し違う感覚を持てたかもしれない。けれど、煌雅のマンションは定期的にハウスキーパーが入ってくれるし、洗濯もクリーニングなので、アイロンをかける必要もない。

碧の仕事は、毎日の朝食作りと、夕食を時々作ること。そして日々の簡単な掃除くらいだ。

自分が煌雅を支えているとは、とても思えない。

「まあ、お金があるなら業者に頼むのって、悪くはないと思うけど。相手はプロだしね。でも、やるべきことが少ないっていうのが、手持ち無沙汰《ぶさた》に繋がってるんだ」

七海の言う通りだ。

「うちの会社に復職する？　もしくは在宅の仕事を始めるとか」

「在宅？」

「そう、いまって結構、家でできる業務があるよ。昔の内職的なものもあるし、データの入力作業の委託とか。ブログや動画のネット配信で稼いでるって人の話も聞くよね。あ、でも碧だったらコーディネーターとかよさそう」

「コーディネーター？」

いったいなんのコーディネーターだろうか。

「パーティーコーディネーター。プランナーって言ったほうがいいかな？　パーティーの企画や立案をして、業者の手配をする仕事」

「そんな仕事があるのね。たしかにパーティーって、主催者の趣味やホテルによって雰囲気が違うもんね」

なんだか天啓を受けた気分だ。

幸い、碧は数々のパーティーに出席しているし、昔の伝手《つて》がうまく使えれば、仕事として成り立つかもしれない。

基本的に煌雅に関わりのある人たちが顧客になるなら、彼もそれほど心配しないだろう。

もちろん、そんなに簡単にできるとは思ってはいない。それでも挑戦してみる価値はあった。まずは里奈に連絡をしてみよう。彼女は先日、子どもの誕生日パーティーの企画に悩んでいると言っていた。

「ありがとう、七海さん。なんだか、目が覚めたというか……やりたいことを久しぶりに見つけられたかもしれない」

「え、そう？　無責任なことを言ってしまった気もするけど、碧のやりたいようにやればいいと思うよ」

「うん！」

その後、他愛《たあい》のない話をして七海と別れた。

帰宅後、さっそく里奈と連絡をとる。ありがたいことに、事情を説明すると彼女は快諾した。

まったくの未経験の碧に任せていいのかと何度も確認すると、碧の役に立ちたいと言ってくれたのだ。頼ってもらえて嬉しいとも。

煌雅が帰ってくる音がして、碧は玄関まで迎えに行く。

「ただいま」

「おかえり」

「どうしたんだ？　なんだか機嫌がよさそうだが」

「やりたいことが見つかったの」

碧の言葉に、煌雅の顔が少しだけ強ばった気がした。けれど、すぐに笑みを浮かべたので気のせいかもしれない。

「どんな？」

「パーティープランナー」

どういった内容の仕事なのかを説明すると、煌雅は納得したように頷いた。

「なるほどな。碧らしい気がするよ。なにかあれば言ってくれ、バックアップする」

「ありがとう」

彼に甘えすぎるのはよくないが、こういう業界や世界は、横や縦の繋がりが強い。

もし、どうしようもならない時は、彼になにかお願いすることがあるかもしれない。

それから慌ただしい日々が続いた。

まず、里奈の子どもと会って、どんなパーティーにしたいのかインタビューする。まだ小さい里奈の愛息は曖昧《あいまい》な説明しかできないが、それだけでも十分だ。

彼の要望はイチゴがたくさん入った大きなケーキと、サプライズが欲しいということだ。

前回のパーティーがどんなものだったのかも聞き、子どもが好きなものを教えてもらう。子持ちの友人たちにも、彼女らの子どもが好きなものを聞いた。

碧は身近に小さな子がいないので、友人たちが頼りになってしまう。どの友人も、快《こころよ》く助けてくれて、感謝しかなかった。

パーティー会場は里奈の家のため、許可を貰って屋内の写真をたくさん撮る。マンションに帰り、写真を確認しながら部屋の使い方を考えた。部屋の中の飾り付けだってしたい。

「あー、部屋のサイズを測ってくればよかった……！」

なにごともサイズというのが大事になってくるのを忘れていた。

飾り付けだったり、テーブルに載せる料理だったり、サイズがわからなければ発注や買い物だってできない。碧は、里奈に連絡をとって部屋のサイズを測りたい旨《むね》を伝えた。

いまやれることは、まずはコンセプトを決めること。

やはりまずは、子どもが楽しめるかどうかだ。

子ども受けのするアイディアをメモ書きしていき、母にも、昔懇意《こんい》にしていたケータリングのお店を教えてもらう。問い合わせをすると、碧のことも両親のことも覚えていたオーナーが、オリジナルメニューのケータリングを引き受けてくれた。

他にもたくさんの人に電話をし、協力を求める。

その中には昔の知り合いもいたし、友人や煌雅に紹介された人もいた。

突然のことにもかかわらず、両親や煌雅の名が碧の身元の保証となり、多くの人に協力してもらえている。それだけではなく、碧が作成する書面や電話の対応、説明などを、丁寧でわかりやすいと褒められることもあった。

以前働いていた会社は小さな会社だったため、多くの雑務をこなしていたし、お客と会話することも多々あった。その時に培《つちか》ってきたものが、いまこうして役に立っている。

そんなふうに碧が一人バタバタと動いているせいか、ある日、心配そうな煌雅に声をかけられた。

「碧、俺に手伝えることはあるか？」

「え？　大丈夫だよ。煌雅くんのおかげで、スムーズに話が進められてるの。本当にありがとう」

「そうか。それならよかったよ」

テーブルでノートパソコンとにらめっこしている碧を、煌雅が頬杖をつきながら見つめる。

「どうしたの？」

「いや、楽しそうだなって思って。なんだかキラキラして見えるよ」

「キラキラ？　輝いてるってこと？」

「ああ」

煌雅が目を細める。その愛《いと》おしそうな瞳が照れくさくて、視線を逸らしてしまう。

「も、もう！　そんな風に見られたら恥ずかしいよ」

碧は自分が仕事をしている姿をまじまじと見られるのは慣れていない。気持ちを切り替えようと、飲み物の注文を確認して発注をかけた。

「よし、これで一段落」

「おつかれさま」

煌雅が碧の頭を撫でてくれる。頑張っていることを認めてもらえたみたいで、凄く嬉しくなる。

「俺はもう寝るが、碧は？」

「パーティーまで時間がないし、漏《も》れがないか確認したいから。もうちょっとしたら寝るね」

「ああ、おやすみ」

「おやすみなさい」

このところ碧が忙しくしているせいもあり、同じタイミングで眠ることができていないから、少しだけ寂しさもある。

けれど、この仕事が終われば、またゆっくりと煌雅と一緒に眠れる。

自作したチェック表を見つめて、終わっていることと終わっていないことを確認していく。基本的な手配はすべて完了しているし、あとは前日の準備と当日の進行だ。何度もいろいろなことを確認し直しているが、一人でやっていると不安というものはどうにも残ってしまう。

失敗したらという恐怖はもちろんある。でも、なにより里奈の子が喜んでくれればいい
それだけを考えよう。

そうして、パーティーの前日を迎えたのだった。

里奈の家で可能な限りの準備を終えた碧は、夕方、煌雅のマンションに帰宅した。

繰り返し不備がないかチェックしている。けれど、夜になっても緊張で眠れなかった。

何度も寝返りを打っていると、煌雅が子どもをあやすように背中を軽く叩き、撫でてくれる。彼は眠いはずなのに、なにも言わず碧を気遣っているのだ。

その優しい温もりに、碧はやっと眠りにつくことができた。

翌朝。寝不足のままもそもそと朝食をとる。出かけに玄関先で深呼吸を繰り返した。

「碧」

呼ばれて振り返ると、煌雅が両手を広げている。碧はその胸元に飛び込んだ。

「碧が頑張ってたのを、俺は知ってる。きっと成功するさ。俺が保証する」

「うん……」

「初めてのことって怖いよな。けど、やってみなきゃわからないことがたくさんあるんだ。自信を持って行ってきな」

「ありがとう」

彼の言葉で、心が落ち着いていく。

「それと、左手を貸して」

碧の了承を取る前に、煌雅は碧の左手をとってポケットからなにかを取り出す。

そして、左手の薬指に指輪をはめた。ダブルバンドで、アームの部分に小さなダイヤが敷き詰められ、中央には大きなダイヤが一粒輝いている。

「お守りだ」

「お守りにしては、豪華すぎる気が……しますが」

「はは、そうかもな。お守りというよりは、虫除けだな。不特定多数の人間と会うようになるのなら、碧にちょっかいを出すやつも出てくるだろうし。俺を支えてほしいって言っておきながら、言葉だけだったからな」

煌雅が碧の左手の薬指をゆっくりと撫でる。

「このデザイン、碧に似合うと思ってたんだ。一昨日《おととい》ようやくできたんだよ」

そう言いながら、碧の左手を持ち上げて手の甲にキスをした。

「なにかあったら、連絡をくれれば駆けつけるよ。今日は一日家にいる」

碧は、左手をぎゅうっと握りしめる。

「うん、行ってきます」

「行ってらっしゃい」

煌雅のおかげで、少し気持ちが楽になった。

外は眩《まぶ》しいくらいの晴天。

里奈の家では、子どもは旦那さんが外に連れ出していた。

部屋の飾りはサプライズの予定だ。里奈と二人で手配した業者に指示を出し、趣向を凝らした飾りつけをし、ケータリングを並べる。細々としたしかけも準備した。

その後で、大人向けの食事はバルコニーの隅に用意する。彼らも飽きさせるわけにはいかないが、主役はあくまでも子どもだ。

最後にリビングにホームシアターを作り、里奈の子どもたちが遊ぶ様子を撮影・編集したホームビデオを流す。

「碧ちゃん凄いよ。ホテルのパーティーみたいになった」

「こちらこそ、ありがとうね。でも、本番はこれからだから……！」

しばらくして子どもが帰ってきた。部屋の中を見て喜んでいる。

それだけで、頑張った甲斐《かい》があったというものだ。

やがて、ぞくぞくとやってくる招待客。クロークにした部屋で荷物を預かり、里奈の旦那さんの合図でパーティーが始まる。

子どもたちはリラックスして食事を楽しみ、様々な形の風船を作ってもらってはしゃぐ。保育士の資格を持つシッターを複数手配しているので、安全面も問題ない。

大人たちは久々に子どもから解放され、カードゲームやボードゲームに興じていた。用意したおいしいワインにも満足してもらえている様子だ。

「失礼。このパーティーを準備したのは君だって聞いたんだけど」

碧が笑顔で会場を見つめていると、ふいに男性から声をかけられた。

「はい、そうです」

「このワインはどこの銘柄のもの？」

「フランス産のピノワインになります。よろしければ、本日のワインリストをお持ちしましょうか？」

「お願いするよ。リストを写真に撮っても平気？」

「もちろんです」

ワインリストを男性に渡す。

「今回ご用意したワインの仕入れ先は裏に記載しております。私にご連絡いただければ、仕入れ先にご紹介もいたします」

「ありがとう。助かるよ。本当に素敵なパーティーだね。君に大人向けパーティーのコーディネートも頼めるの？」

「もちろんです」

「そうか。……名刺を貰えるかな？」

そこで碧ははっとした。調子にのってしまったが、名刺の用意どころか、まだ起業したわけでもない。

「も、申し訳ございません。本日は切らしておりまして……」

「では連絡先を教えてくれるかな」

碧は言われた通り、昔、仕事用に使っていたメールアドレスを教えた。

「ありがとう」

まずは友達のパーティーの手伝いをと思っていたのだが、もしかしたらいいスタートになったのかもしれない。

そろそろパーティーも中盤にさしかかり、碧は時間を確認する。もうすぐケーキが届くはずだ。

こちらもサプライズを楽しんでもらう趣向だった。それにケーキは大きく冷蔵庫に入らなかったため、業者が直接、指定した時間に持ってくる手筈《てはず》になっている。

ところが一向に来る気配がない。

疑問に思った碧がスマホを見ると、ケーキの店から着信が入っていた。

「ごめん、ちょっと電話してくるね」

「わかった」

里奈に断り、一度家の外に出る。

電話をかけると、すぐに配達担当の人が出た。外にいるのか、どうも周りが騒がしい。

「どうしたんですか？」

「すみません、交通事故に巻き込まれてしまったんです」

「え、交通事故？　怪我はありませんか？」

「俺もケーキも無事ですが、渋滞で予定の時刻に着きそうにないんです」

「……っ」

碧の息が止まる。ケーキがなければ締まらない。

「いま、どちらにいらっしゃるんですか？」

配達の車は里奈の家から徒歩二十分のところまでは来ているようだ。碧が歩きで取りに行くのが一番いい。碧は車の免許を持っていないので車では行けないし、誰かに車を出してもらっても渋滞に巻き込まれるだけだ。

歩いて往復四十分。行きはともかく、帰りは大きなケーキを運びながらになるので、時間と考えるべきだ。それではパーティーも終盤だろう。かといって、行かないという選択肢はなかった。

「里奈さん、ちょっと」

「どうしたの？」

「事故があったみたいで、ケーキが届かないの。いまから取りに行ってくる」

「え、大丈夫？　車出そうか？」

「渋滞だっていうから、車だとかえって動けなくなると思う。最後のサプライズイベントを先にして、時間を稼《かせ》いでもらっていい？」

「わかった。どうすればいいの」

「ホームシアタールームで、このブルーレイディスクを再生してくれるかな？」

「それぐらいならできるよ」

「ありがとう、行ってくるね」

碧は里奈に後を託して、慌てて外に出る。

ケーキは子どもの誕生日パーティーのメインだ。台無しにしたくはない。

エントランスを出て走り出す。その時、クラクションが鳴り響いた。

驚いて音のしたほうを見ると、煌雅がいる。彼が車から降りてきて箱を差し出す。

「え、煌雅くん⁉」

「ほら、ケーキ」

「なんで？　なんで、煌雅くんがケーキを？」

「いいから、その話は後でちゃんと説明してやる。いまはそれを届けておいで」

「う、うん！　ありがとう！　なんだかよくわからないけど、本当にありがとう！」

煌雅はやはり自分の王子さまなのだ。苦しい時、悲しい時、やってきてくれる。

いまならそれが信じられた。

部屋に戻ると、まだサプライズ動画が流れている最中だ。

「碧ちゃん、早かったね！」

「煌雅くんが届けてくれたの」

「凄い！　煌雅くん、さすがだね」

そっとケーキの準備をしながら、子どもたちが大はしゃぎしている様子を見守った。

いま流れているサプライズ動画は、里奈の子どもが大好きだというヒーローの映像だ。そのヒーローが誕生日のお祝いを言っている。

伝手《つて》を駆使し、撮ってもらった映像に子どもは大喜びだ。頑張った甲斐《かい》があった。

やがて動画が終わる。碧はケーキのローソクに火をつけ、部屋の明かりをしぼった。

スピーカーからバースデーソングを流し、ケーキをリビングに運ぶ。

「ケーキ！　ケーキ！」

里奈の子どもが飛び跳ねつつ、ケーキを待つ。

いちごをふんだんに使ったケーキが部屋の中央に飾られる。

みんなで誕生日の歌を歌い、里奈の子どもにローソクの火を消してもらった。そして、ケーキを切り分けて、お客さん全員に配る。

それを持って、家族写真と子どもたちだけの写真、そして全員集合の写真を撮った。

はしゃぎ疲れて眠そうな子どもが出る頃、パーティーはお開きとなった。

碧はすべての客を見送って、片付けをはじめた。

里奈が手伝うと言ったが、断った。彼女も疲れているだろう。

それに大きな作業は業者がやってくれるのだ。ごみを分別し、借りたものだけを纏《まと》める。

飾り付けも外し、部屋を元通りにした。キッチンを借りて、軽くつまめるものを作り冷蔵庫に入れる。

そして、リビングのソファーで休んでいる里奈に声をかけた。

「冷蔵庫の中に、簡単な料理を入れておくから、後であたためて食べてね」

「ありがとう。本当にお世話になったね。今日のパーティーは楽できちゃった」

「いいの。私が無理やりやらせてって頼んだことだし」

「ううん、私が企画するよりもずっといいパーティーになったよ。碧ちゃんに頼んでよかった」

「こちらこそ、ありがとう。そう思ってもらえたなら嬉しい」

碧が辞去しようとすると、里奈がなにかを思い出したように手を叩く。

「碧ちゃん、ちょっと待ってて」

里奈は一度奥の部屋に行き、戻ってくる。その手には封筒を持っていた。

両手でそれを碧に渡してくる。

「これは？」

「今回のお礼！　帰ったら開けて。返却は不可ね！　返してきたら絶交だから」

「絶交って……わかった。ありがたくいただきます」

封筒を鞄の中に入れて、里奈の家を後にする。

門の前には煌雅の車が停まっていた。碧は、後部座席の窓を軽くノックする。

煌雅が中からドアを開けてくれたので、彼の隣に乗り込んだ。

「おつかれさま」

「おつかれさまっす！」

運転手はいつも通り米田で、挨拶《あいさつ》してくれる。それから煌雅が笑顔で声をかけてきた。

「楽しかったか？」

「凄く楽しかった。好きなことをするって、こういうことなんだなあって」

「そうか、それはよかったよ」

「でも、米田くんはごめんね。今日休みだったんじゃないの？」

「いいんすよ。どうせ休みっていっても、彼女とごろごろしてるだけだったんで。働けばその分、時間外手当がつくんす。いい臨時収入っす」

「そうなの」

彼のこういうところはとてもいいと思う。明るくて、前向きで。

碧は帰宅してすぐ、ソファーにごろんと寝転がった。

「あああー、楽しかったけど、疲れたよ」

「紅茶淹《い》れてやるから、着替えてきな。それとも先に風呂入るか？」

煌雅がねぎらってくれる。

「うーん……うん！　先にお風呂入っちゃうね」

「じゃあ、紅茶は後で淹《い》れる」

「ありがとう」

風呂に入った碧がリビングに戻ると、テーブルの上においしそうな料理が並んでいた。

「わあ、おいしそう！」

「今日は、俺の行きつけの店に頼んで作ってもらったんだ」

おいしい和食に舌鼓《したつづみ》をうち、食後は煌雅が淹《い》れてくれた紅茶を飲んでゆっくりとする。

隣に座る煌雅をちらりと見てから、その肩に頭を寄せて頬を擦《こす》りつけた。

「今日は、なんでケーキを届けてくれたの？　あんなことになってるって知らなかったでしょう？」

「元々、夕飯を取りに行くために外へ出てたんだ。そうしたら、ケーキの店から俺にも電話がきて事情を説明された。それで一本隣の通りから車で行って、ケーキを受け取ったんだ」

「流れはわかったけど、どうして煌雅くんに電話がきたの？」

「あの店は俺もよく世話になってる店だろう？」

「うん」

今回ケーキを頼んだお店は、煌雅に教えてもらい注文したのだ。

「事故が起こって、ケーキが届けられない、碧に電話をしても繋がらないって、焦って俺に電話してきたんだ。俺が紹介したから、俺に繋げば碧にも繋がるって判断したんじゃないか？　まあ、相当焦ってたみたいだし、そこまで考えてのことだったかはわからないが」

「なるほど。ふふ、今日エントランスを出て走ろうとしたら、煌雅くんがケーキを抱えてやってきたでしょう？　もう、王子さまだって思っちゃった」

「そうか……俺は碧の王子さまになれればそれでいい」

煌雅が碧の肩に腕を回し、彼女の頭に自身の頬を擦《こす》りつけた。二人して、お互いの匂いを相手にマーキングしているようだ。

「あ、そうだ。里奈さんから貰った封筒」

鞄から封筒を取り出して、中身を確認する。中には、数十万円と手紙が入っていた。

「え、多すぎだよ！」

今回の支払いは碧がすべてしている。領収書を渡してあるので、かかった費用分だけ貰えればと思っていたが、それ以上の金額だ。

「見ていいか？」

「うん」

煌雅が中身を確認して、考えるそぶりを見せる。

「いや、妥当じゃないか？　三十人ぐらいの規模、評判のケータリングとケーキ。費用と碧の人件費を考えれば、そう高いものじゃないな」

「そ、そうなの？」

首を傾げつつ、碧は一緒に入っていた手紙を取り出して、読む。

碧ちゃんへ
今日はうちの子の誕生日パーティーの企画、準備をしてくれてありがとう。

最初言われた時は、どうしたんだろうとは思ったけど、きっとなにか思うことがあったんだろうなって感じたの。

高校生の頃、碧ちゃんのことを支えてあげられなかったことを凄く後悔してた。

今回はそんな自分の罪滅ぼしみたいなものなんだ。自分勝手でごめんね。

それでも、碧ちゃんが誠実に準備してくれたのもわかってる。碧ちゃんに頼んでよかったって思うの（まだ、どんなパーティーになるのかわからないのにね）。

きっと子どもも私も楽しくて嬉しいパーティーになるよ。

これからも、友達でいてね。


ぼろっと、涙が手紙に染みた。

かつての自分の行動が、彼女たちに罪悪感を抱かせていたとは思っていなかった。あの頃の自分にはあれが精一杯だったのも本当だ。けれど、多分、戻れない過去を切りたかったのだ。なんて浅ましいのだろうか。

そんな自分が、彼女たちの友人だと名乗っていいのだろうか。

手紙をぐしゃぐしゃに握りしめ、涙を流し続ける。煌雅が黙って、碧の背を優しく撫でてくれた。

「いい友達を持ったんだな」

「……うん」

「俺からもお礼を言わないとな」

「なんでよ」

「当たり前だろう」

なにがいったい当たり前なのか、よくわからない。

けれど、彼はこうやっていつも碧を和《なご》ませようとしてくれる。

「今日、あらためて思ったよ。碧はやりたいことをやっている姿が魅力的なんだって」

「え？」

「前に話をした時。碧がやりたいことを見つけたいって言ったのを聞いて、納得した。それに、碧が本当にやりたいことを見つけられるのなら、それはいいことなんだとも思った。まあ、さすがにこんなに早く見つけるとは思ってなかったけどな」

碧は鼻をずびずびと啜《すす》りながら、煌雅の言葉に耳を傾けた。

「碧が楽しそうに準備して、充実感に満足している姿を見て、俺はそんな碧の可能性や輝きを潰そうとしていたんだって気づいたよ」

碧は、ぼろぼろと目尻から滴《しずく》を零《こぼ》しつつ深呼吸をする。

「ありがとう。煌雅くん」

「ただ、あんまりすぐにどこかへ行こうとしないでくれ」

「当たり前だよ」

お互い譲れないものがあって、思い描く理想があって。

これまではそれをうまく噛み合わせることができなかった。

けれど、こうして煌雅が認めてくれて、自分自身がやりたいと思えることを見つけられた。

やっと、いまの自分のことを嫌いじゃないと、少しだけ好きだと言えるようになった。

第七章　水魚の交わり

それから、煌雅に紹介してもらった弁護士に相談しつつ、起業をした。社員は碧一人ながら、友人からの依頼をメインに緩やかではあるが順調に仕事をしていく。碧が依頼を数件掛け持ちして、バタバタと慌ただしくしているのを、煌雅はなにも言わずに見守ってくれている。

それをありがたく思っているが、彼は時折寂しそうに笑うのだ。

彼は、どうしてそんな笑みを浮かべるのだろうか。本人に直接聞こうと思いつつも、自分の仕事で手一杯だったのと、煌雅は煌雅で仕事が忙しかったせいですれ違ってばかりいる。

友人の子どものパーティーを企画、準備をしているうちに、最近では大人向けのパーティーも企画することになった。子ども向けよりも、大人向けの方が要望が多い分、とても難しい案件だ。花が届かなかったり、注文を間違えたり、失敗もたくさんしてはいるが、働いてお金を稼《かせ》ぐことは楽しい。煌雅のアドバイスによって、客層を里奈のような裕福な人物に絞り、高級感が出る演出を売りにした。

もともと、幼い頃から多くのパーティーに参加し、内装や料理を目にし、口にしている。そんな碧からすると、そういった客層は相性がよかった。

一ヶ月ほど経った頃、仕事用の口座を見た碧はポカンと口を開けた。一ヶ月で受けた仕事は五件であったが、一件の金額が大きいため、収入が以前の職場の倍になっていたのだ。

コネというのがいかに必要なのかを実感してしまう。

煌雅や里奈がいなければこれを仕事にしようとは思わなかったし、仕事だって一ヶ月目からこんなにも依頼はなかっただろう。そして、里奈の口コミや煌雅のバックアップがなければ、ここまで順調にいかなかった。

正念場はこれからだ。それでも、煌雅に治療費を返せる算段が少しずつついてきたことが嬉しい。

碧にとっての目標は、煌雅に治療費を返すことだ。

まずはそれを終わらせなければ、自分たちは、足並みを揃えて進めないと考えている。

もっと仕事を頑張ろうと思い、サイトを作成したり誠実に仕事をすることに意識を集中していた頃。碧にとってあまりよくない事件が起きた。

元同僚である七海から連絡がきて、とあるＵＲＬを教えられる。

タップをしてページを表示させると、ＳＮＳに碧のことが書かれていたのだ。

「なにこれ……」

そこには、昔出回った碧の記事と先日夜の店に出ていた時の写真、そして煌雅と一緒に写っている写真がアップされている。

内容は、碧がいまもなお夜の蝶として活動し、煌雅をたぶらかして結婚を迫っているというものだった。けれど、碧も煌雅も芸能人ではない。ある一定の人たちからは有名かもしれないが、基本的には一般人だ。だからか、あまり拡散はされていない。ただ、その人のアカウントは碧への恨《うら》みで溢れていた。久しぶりに感じる他人の悪意だ。

なぜこんなことになったのだろうか。誰がこんなことをしたのだろうか。

疑問はつきない、碧はすぐに起業を手伝ってもらった弁護士に相談し、このアカウントの人物を特定してもらうよう依頼した。

このせいで煌雅の仕事に支障が出たらどうしよう。

ましてや煌雅だけではなく、煌雅のご両親にまで悪影響があったらどうすればいいのだろうか。

碧は、震える手を握りしめる。

暗い部屋の中で、スマホを持ったままソファーに座っていると、突然明かりがついた。煌雅が帰ってきたのだ。

「うわ、びっくりした。いたのか」

「……おかえり」

「どうした？　なにかあったのか？」

隠すべきか少し悩んだが、隠したところで意味はないし、知らせておいたほうが手立てはとれる。

「これ」

碧は、スマホを手渡して記事を読んでもらう。

「なんだこれ」

「なんだろうね」

「弁護士には？」

「もう、相談済み」

「……辛いか」

煌雅の言葉に考える。辛くないとは言わないが、以前ほどの衝撃はない。

「どうだろう。なんでこんなことって思ってるけど……いまのところ。あと、これで仕事が減ったらやだなあって、煌雅くんに迷惑かけたら……どうしようって思うぐらい」

「俺にはいくらでも迷惑かけたっていいんだ」

「駄目だよ。煌雅くんは優しいから受け止めてくれちゃうけど。そんなことばっかりしていたら、いくら煌雅くんだって私のことが嫌になる」

碧は視線を落として、ふるふると首を横に振る。

「お前は、俺のことを馬鹿にしてるのか？」

「なっ、なんでそうなるの」

彼の声が低くなり慌てて顔を上げた。

「俺が、そんなことで碧を嫌がるような器の小さいやつだって思ってるってことだろう!?」

そう言われて、自分の失言に気がつく。

「碧は、再会してからずっと自分のことを過小評価し、卑下《ひげ》する。それは自分だけじゃなくて、周りの人間も傷つけていることに気がついているか？」

なにも答えられなかった。

以前よりはマシになっているとはいえ、自分が無自覚に他人を傷つけていることは理解している。けれど、理解しているだけで、いったいどんな言動が原因なのかはわかっていない。

「別に、ナルシストになってほしいとは思ってはいないし、昔のような碧になってほしいわけでもない。昔といま、どちらもあってこその碧なんだ。だから、もっとうまく融合させてみろ」

「難しいこと言うね」

「碧ならできる」

「善処、する」

煌雅が笑った。彼はいつだって、こうして碧の心を救い上げてくれる。

「とりあえず、今回のことをどうにかするか。あまり拡散されて、碧の仕事に影響が出たら困るしな」

そう言った煌雅の行動は早く、彼のほうでも調べてもらえることになった。結果、どんな手段を使ったものか数日後にはＳＮＳに上げた人物が特定される。その人物の名前を聞いて、碧はやっぱりと思ってしまった。冷静に考えれば、碧の昔の記事を知っていて、なおかつ先日の体験入店を知っている人物は彼女しかいない。

碧に説明をした煌雅が尋ねてくる。

「どうするんだ？」

「とりあえず、話を聞いてみる。その後、どうするか決める」

「一緒について行く」

「一人でも大丈夫だよ？」

「俺が心配だから」

「……ありがとう」

その日の夜、碧は以前体験入店したキャバクラの前にやってきた。入りの時間の前に、彼女が姿を現す。

「碧……」

「加奈子さん」

「バレた？」

「うん、バレたよ」

「そう」

お互い無言になる。けれど、聞かなければならない。碧が口を開こうとすると、先に加奈子が言い出す。

「ここだと目立つから、裏行こう」

加奈子に誘導されるまま、店の裏へ向かう。そして、彼女は壁に寄りかかり細いたばこに火をつけた。碧は意を決して問う。

「どうして、あんなことしたの？」

「昔から碧のことムカついてたから」

「答えになってない」

いくら碧に腹を立てたとしても、行動するまでにはなにかしらの感情があったはずだ。

「あー、本当。出会った頃から、ほんっとムカつく」

加奈子がたばこを地面に捨てて、ヒールで押しつぶす。

「だって、私とあんたはほとんど環境が一緒じゃない。片親同士で、まあ私の父親はろくな人じゃなかったけど。それでも、なんとか大学まで進学した時、惨《みじ》めな碧を見つけた。自分より惨《みじ》めな子がいるってはじめて知った」

「惨《みじ》め……か、そうだね。たしかに、そう見えたと思う」

「見えたじゃなくて、事実惨《みじ》めだったじゃない。いろんな男から襲われかけて、常識は知らないし、社交辞令だってわからない。自分がどれだけ恵まれていたのかさえも理解してなかった。大学を卒業してからも、必死に働いてさ。彼氏も作らず、太ってって言葉にされるとひどく苦しい。
どれも事実ではあったが、こうやって言葉にされるとひどく苦しい。

「なのに、なんで、なんで！　ちゃっかり金持ちの幼馴染《おさななじみ》と再会して付き合うとか、意味わからない！　しかもあんたが無理矢理迫ったのかと思ったら、むしろ逆みたいで。なんで、私とたいして変わらない女が幸せになろうとしてるの？　私だって、幸せになりたい！　いい男捕まえて、お金に困らない生活がしたい！」

加奈子の言葉に、煌雅が吐き出すように呟いた。

「結局、金かよ」
「お金に困ったことがないやつが、金かよとか言わないでくれない？」
「煌雅くん」

碧は、煌雅に向かって首を横に振った。

加奈子の言うことは一理ある。碧も金銭で困った時、どれほどお金というものが大事なのかを理解した。働いて稼《かせ》がないと、まともにご飯も食べられないし、好きな服だって着られない。それがどれほど悔しいことかは、煌雅にはわからないだろう。

「だからって、あんなことされると困る」
「どう困るわけ？」
「私、起業したの。こんなSNSが拡散され続けたら、仕事に支障が出る。それに、加奈子さんのことを訴えなきゃいけなくなっちゃう」

「訴えればいいじゃない。別に、いいよ」

「嫌だよ」

「なにそれ、こんなに罵倒《ばとう》されてるのに、情けでもかけるっていうの？　馬鹿なんじゃないの？」

同情なのだろうか。そうなのかもしれない、苦しそうにこちらを罵倒《ばとう》する加奈子を見ていると、碧も同じように苦しくなるのだ。もしかしたら、碧が加奈子になっていた可能性だってあった。

煌雅と再会していなければ、きっと母の治療費のために夜の仕事も始めただろうし、幸せそうにしている人を妬《ねた》んだだろう。自分がどれだけ幸運だったのかは理解している。

彼女がしたことを、ただ悲しいと思う。

「私、加奈子さんが好きだもの」

「……はあ？」

「友達の作り方一つ知らなかった私は、大学で浮いてた。それがどうしてなのかもわからなかったし、自分の言動のなにがいけないのかもわからなかった。多くの人が私を遠巻きにして、あの記事が出てからは私に関わらないほうがいいって、よけい遠巻きにされた」

加奈子にとって、碧は自分が優位にたつための存在だったかもしれない。それでも、覚えている。一緒に笑い合ったことや、共通の友人の結婚式のことを。

「加奈子さんたちは、そんな私の傍にきていろいろ教えてくれた。生きていくために必要な知識を与えてくれた。私はその時まで自分が箱入り娘だってことすら、気づいていなかった。私は加奈子さんたちに救われたことを忘れてないし、いまも感謝してる。だから、訴えたくなんかない」

「あんた、本当……相変わらず馬鹿だねえ」

加奈子は下を向いて、息を深く吐き出した。ツカツカと碧の傍にまでやってきて、腕に縋《すが》る。

「……ごめん」

「うん」

「いま、相当荒《すさ》んでて、苦しくて、幸せそうな碧が憎らしかった。困らせてやりたかった。でも、私だって碧のこと……好きだよ」

「知ってる」

加奈子が声を上げて泣き出す。碧は、そんな彼女の背中を優しく撫でた。

落ち着いた加奈子には、アカウントの消去と共に写真なども消してもらう。

そして加奈子のことは訴えないが、ただ面白いという理由だけで記事を拡散した人たちのことは起訴する方針になった。

帰宅して一段落し、煌雅とソファーで話をしていると、彼が静かな声で聞いてきた。

「いいのか？　本当に」

「なにが？」

「お前の友達」

「……うん。もちろん、加奈子さんがやったことは駄目なことだし、二度目があったらわからないけど、許してあげたいから」

「本当に、甘いというのか優しいというのか」

「どちらかというと打算かな。さっきの言葉も本音だけど、加奈子さんを訴えれば、それは共通の友達二人にもわかることでしょう。加奈子さんが悪かったとはいえ、そこまでするのかって思われる可能性だってあるから」

「たしかにな。そう考えると、友達を訴えるのはリスキーだな」

「うん。消してもらえたし、いいの。あとは仕事に影響が出なきゃいいなあってぐらいだよ」

「そうか」

ありがたいことに、記事がそんなに拡散されなかったからか、仕事に影響が出ることはなかった。

もちろん、煌雅の仕事にもだ。


それから一ヶ月ほど経った頃、碧は煌雅にお金を返す算段がついた。

少し生活がキツくなってしまうが、早めに返せば気が楽になる。碧は小切手を用意し、封筒の中に入れた。これで、煌雅と対等になれる。ボタンのかけ間違いのようなものがなくなる。

それが嬉しくて、終始にまにましてしまう。

碧はスーパーで買い物を済ませ、煌雅が帰ってくるまでにお祝いの料理を作った。豪華な食材で、彼の好きな料理を。

帰ってきた煌雅は、碧が作った料理を見て目を丸くする。

「どうしたんだ?」

「ふふ、ちょっとね」

「機嫌がいいんだな。着替えてくるよ」

碧は、椅子に座って煌雅を待つ。お祝いに高いワインも買ってみた。

リビングに戻ってきた煌雅と、ワインを開けて乾杯をする。彼が料理をおいしそうに食べてくれたので、碧はなおさら幸せだった。彼が自分の手料理をこうして食べてくれる。それが嬉しい。

食事を終えて、片付けを済ます。デザートを食べながら、碧は封筒を煌雅に手渡した。

「これは？」

煌雅が封筒を開け中身を取り出す。碧は、これで一旦精算されることが嬉しくて口元をにやけさせつつ、ケーキをぱくりと口の中に入れる。自分の感情にばかり捕らわれて、煌雅がどんな顔をしているのかを全く見ていなかった。

「母さんの治療費とか。返せる算段がついたの。ありがとうね。母さんと私を助けてくれて」

碧にとっては純粋な感謝だった。

「これでやっと……」

続けるはずだった言葉は途切れ、碧は煌雅の顔を見つめて瞠目《どうもく》する。

彼はどこか苦しそうに、碧が手渡した小切手を握りつぶしていた。

「やっと、俺から解放されるか？」

「え？」

「そういうことだろう……この小切手」

「ま、まあ、間違ってはないけど……言い方が違うというか」

どう表現するのが一番適切だろうか。

解放というより、本当の意味で対等になりたいというだけだ。

碧がそれを説明する前に、煌雅は無表情のまま小切手を二つに破いた。

「どうして、そんなことするの？」

碧が煌雅と対等になろうとするのは、そこまでいけないことだろうか、彼にとって不都合なことなのだろうか。碧が働いている姿を、輝いていると言ってくれた彼なのに。

「これで精算したいんだろう？　俺との関係を。碧はいつだってそうだ。俺のことなんてどうでもいいんだよ」

煌雅は破った小切手を握りしめながら、低い声で言葉を紡《つむ》ぐ。

碧にとっては寝耳に水で、いったいなぜ彼がそんなことを考えたのかが理解できない。

「煌雅くん？」

「俺は、いつだって碧のことを捜していたのに。碧からの連絡を待っていたのに。偶然見かけたあの日だって、俺と目が合ったのに碧は無視をして去っていった。お前にとって、俺は……俺は……」

煌雅の言葉が途切れる。うつむいた彼が泣いているように見えた。

「きちんとプロポーズをしていたわけでもないし、指輪だけ渡して満足してる自己満足の塊《たまり》だな、俺は」

煌雅は吐き出すみたいに呟いて、外へ出ていってしまった。

呆然としていた碧は、彼のことを追いかけるのが遅くなり、玄関を飛び出した時には、もう彼を乗せたエレベーターが降りていった後だった。階段でエントランスまで駆け下りるが、煌雅の姿は見えずじまいだ。

とぼとぼと、部屋へ戻る。スマホを手にとって、彼に連絡しようと思ったものの、なんて言えばいいのかわからずなにも連絡できなかった。

フローリングに落ちている小切手が目に入る。それを拾ってゴミ箱に捨てた。

いったい、なぜ彼はあんなにも怒ったのだろうか。

小切手を渡したことによりプライドが傷つけられたという様子ではない。ただ、碧の振る舞いがショックだったように見えた。

泣いていたらしき彼を思い出して、胸が締め付けられる。

なにを間違えてしまったのだろうか。母の治療費など、いままでお世話になった分を返済して、対等になりたいと思っていただけだったのに。

碧はソファーに座りスマホを握りしめながら、煌雅の帰りを待つ。

闇雲に探したところで、彼が見つかるわけではない。

気を紛らわせるためにテレビをつける。するとドラマが流れ出す。

医療ドラマなのか、交通事故に遭った女性が病院に運び込まれていくシーンだった。碧は、父のことが頭をよぎってしまい、すぐにテレビを消してリモコンをソファーに放り投げる。

膝を抱えて、煌雅が同じように交通事故に遭っていたらと不安がわき上がった。

そう考えると、途端に世界が真っ暗闇に変わる。

短い息を吐いて、碧は煌雅に電話をする。何度かコール音は鳴るが、出てくれる気配けなかった。メールを入れてみるが、返信はない。

そのままソファーでずっと待ち続けたが、その日、彼が帰ってくることはなかった。

窓から光が入ってきて、朝になったことに気がつく。

一言でいいから、返事をしてくれればいい。それだけでいい。

もちろん、話だってしたい。碧が本当になにを考えているのか、自分の言葉できちんと伝えたかった。それに、煌雅がどうしてあんな風に考えてしまったのかも教えてほしい。

左手の薬指にはまっている指輪を、碧はじっと見つめる。

これを見るたびに頑張ろうと思えたし、煌雅が自分を思ってオーダーしてくれたもの　これを贈った自身を、彼は自己満足の塊《かたまり》だと言った。そんなことはないし、嬉しかったのだ。正式なプロポーズがあろうとなかろうと、碧は彼と一緒に歩いて行こうと決めていた。

けれど、碧はそれを言葉に出したことはなかったことに気がつく。

どうしてあんな風になったのかと考えていたが、やはり原因は自分にあるのだろう。

碧はクローゼットへと向かい、棚からテディベアと、煌雅に貰ったガラス玉を手にとる。

そしてベランダまで行き、日の光にガラス玉を当てる。

ヒビが入ってしまっているとはいえ、相変わらず綺麗な光を放つ。

その日も、碧は煌雅に連絡を入れながら近場を捜してみたりした。しかし、彼の姿を見つけることはできなかった。曾根崎や米田にも連絡をしたが、わからずじまいだ。

連絡が返ってこない、どうしているのかもわからない。

なにか起こっていたらどうしようという不安と、連絡が取れない悲しさ。

煌雅が味わったのはこれだったのか。本当に、自分がしたことはひどいことだったんだと自覚する。

彼が帰ってこないからといって、碧の仕事がなくなるわけではない。碧は仕事をこなしつつ、米田に煌雅がどうしているのか確認をとる。どうやら、会社には出社しているようだ。

それだけわかれば、碧の心も落ち着く。

それでも、一人のベッドはあまりにも大きくてなかなか眠ることができない。

眠れないから、汗を流そうとジムに行く。

体重は目標値に達したのに、なんだか顔色が悪く、げっそりしているように見えた。

「ひどい顔」

人生の中で一番ひどい顔をしている。


煌雅と連絡がとれなくなってから一週間が経過した。

米田から連絡を貰っているため、彼がどうしているのかを知ることはできたが、碧からの連絡は一向に無視だ。ここまで徹底されると、碧だって腹が立ってくる。

煌雅が自宅に帰っておらず、友人の家にいることは友人たちに聞いた。その友人が、碧の高校時代の友人の兄なのだ。里奈を含め友人たちからは、煌雅と仲直りしたらと言われているが、無視をしているのはあちらなので、碧がどうこうしたくてもできずにいる。

きっかけは碧自身だっただろうし、彼のことを傷つけてしまったのも自分だ。

けれど、言いたいことがあるのならば直接言ってもらわなければわからない。

そこで、悩んだが碧は煌雅の会社の前のベンチに座り続けることにした。

もしかしたら会えないかもしれないが、自分を知っている人物に会えれば繋いでもらえるかもしれないからだ。

そうして朝の出社時間から、碧はずっとベンチに座っている。寒すぎる時期でも暑すぎる時期でもなくてよかった。

スマホを弄《いじ》りながら、煌雅を待ち続ける。

一日ずっとそこで座っていれば、さすがに不審に思う人も出てくる。

受付らしき女性に話しかけられたが、人を待っているから気にしないでと伝えた。女性は、顔を引きつらせて会社へ戻っていった。なぜ、あんな顔をしたのかと首を傾げて気づく。どう考えてもストーカー女の台詞《せりふ》にしか聞こえなかったからだ。

いまさら、そういう意味ではないんですと言ったところで余計に不審に思われるだけだろう。夕方を過ぎ、夜も更けてきたが彼の姿は見つけられなかった。

碧はため息をついて、ゆっくりと立ち上がる。さすがに、ずっと座っていたせいで身体が固まってしまっている。ご飯はコンビニのサンドイッチを食べたぐらいなので、お腹も空《す》いた。

駅へ向かおうとした時、会社から煌雅が出てくるのが見えた。そして隣には若い女性もいる。派手なワンピースを着ているところを見るに、社員ではないだろう。彼はそんな彼女をエスコートするように車に乗せた。

その時、煌雅と目が合った。

彼は目を見開いてこちらを見ている。碧は冷めた目をして、彼から視線を逸らし踵《きびす》を返す。

もちろん、なにかしらの事情があるのかもしれない。あれぐらいでその女性との不貞を疑うつもりだってない。けれど、やはり不愉快だ。

勝手にとはいえ、こちらは一日中彼のことをあの場で待ったというのに、その結果、目撃したのは他の女性を優雅にエスコートする姿。とてもバカバカしく思えてしまう。碧は彼ときちんと話がしたいだけだというのに、彼にその気はない。

碧はタクシーを拾い、マンションまで戻る。

碧がいて煌雅が帰ってこられないのであれば、碧がここを出ていくのが筋だ。

最低限の荷物を鞄の中に詰めて部屋を出た。その瞬間、彼が帰ってきて碧の荷物と姿を見て唇を噛みしめる。

「また、いなくなるのか」

「帰ってこないのは煌雅くんじゃない」

「話を、しよう」

「話をする気がないのも、煌雅くんでしょう？」

碧の言葉に反論できないのか、彼は眉間に皺《しわ》を寄せる。けれど、それで黙って行かせてくれるような人ではない。煌雅は碧の荷物を奪い取り、部屋の中へ強引に引きずり込んだ。

碧の手を引っ張って、リビングへ進む。そして、碧の荷物をなぜか書斎に持っていった。

「私の荷物」

「話が終わるまでは返せない」

そう言って、書斎に鍵をかける彼に呆れてしまう。

「それで？　話ってなあに？」

「……」

「私は、私がきっと煌雅くんを傷つけてしまったんだって思った。だから話をしたかったのに、煌雅くんは私からの連絡を全部無視するんだもの。しかも、会社の前で待ってみたら他の女性と一緒にいるし」

「あ、あの女性は違う！　俺の友人の妹で、たまたま近くに来たから顔を出してくれたんだ。恋人と会うと言うから、お店まで送った……そのあと、すぐに帰ってきたんだ」

碧のことを無視した罪悪感からか、彼は視線を下に向けたままだ。

「ねえ、私たちは言葉が足りないね」

「そうだな……」

「私も頑《かたく》なな部分があるけど、煌雅くんは、昔から人の話を聞かない時があるよね」

「否定はしない」

まるで子どものように、彼はばつが悪そうな顔をしている。

碧は、小さく息を吐いてから煌雅の手をとってソファーに座らせ、彼の隣に自分も腰をかけた。

煌雅は、碧の手をぎゅうっと握りしめ視線を落としたままだ。

「俺との関係を清算したいんだと思った。俺は、碧の気持ちを考えずに自分の手元に置いたし、家から出てほしくないとも言っていた。碧が俺の知らない場所で楽しそうにしているのは、嬉しくもあり憎くもあった。小切手を渡されて、俺のことはもういらないんだと思った」

「なんでそんなこと思うの」

「……碧は、いつも俺になんか目もくれずに歩いていく。あの時、俺に頼ってくれれば、一度でいいから電話をくれれば、すぐに迎えに行ったし、俺ができることをなんだってやった。いや、違うな。きっと俺ができることなんか、たかが知れていた」

碧が高校生だった頃、彼は大学生だった。大学時代も、自分でいろいろとお金を稼《かせ》いでいた彼ではあったが、碧と碧の母の面倒を見られるほどではなかっただろう。それに、そもそもそれを煌雅の両親が認めてくれたとは思えない。

「碧にとって俺は過去の存在なんだと思ったよ。俺はずっと碧のことを忘れられなかったけど、碧は俺のことなんか気にもしてなかった。いまなら、碧を守ってやれるし心配なんかしなくてもいいって言える。けど、碧はそれを拒否しただろ」

「そうだね。私も凄く意地を張っていたと思う。私からすべての縁を切っておいてなにを言うんだって思われるかもしれないけど、私ずっと煌雅くんが迎えにきてくれないかって思ってた。父さんが亡くなったことは悲しかったし、叔父たちに裏切られたことも悔しかった。でも、最低だけど、思っちゃったの」

「なにを？」

「これで、私は令嬢じゃなくて、煌雅くんと付き合うのになんの障害もなくなったって」

最低だと思う。こんなひどい感情を自分が持っていたことに、自身でも驚いた。

それでも、持ってしまったのだ。彼と結婚できるかもしれないという、とても小さな希望を。

婿《むこ》取りをしなくてもよくなったが、令嬢でもなくなった。煌雅の家にとって、碧との結婚はなんのメリットもない。わかってはいたけれど、夢想しないではいられなかった。

「あと、煌雅くんは勘違いしてる。私が清算したかったのは、お金で繋がった関係だけだよ。煌雅くんがお金を返さなくてもいいって思ってたのもわかってる。だけど、やっぱりお金のことはきちんとしたかった。そうしたら、悩むことなく一緒にいられるから」

碧は、煌雅の肩に頬をくっつける。

「わかってほしいの。私は昔のままではなくて、世の中に悪意があることも、嘘をつく人もいるってことも知っている。自分以外の誰かに人生を預けていては、なにかがあった時に路頭に迷うってことも知っている。だから、自分で働いて稼《かせ》ぐ手段は手放せないし、あなたに言われるままではいられない。けど、対等な立場で一緒に歩んでいくことはできると思うの」

「……そうだな。やっぱり碧にはかなわないか」

「なあにそれ」

「俺は碧に首ったけで、碧の言うことはなんでも聞いてしまう馬鹿な男ってこと」

「あら、私、煌雅くんを尻に敷いた覚えはないよ」

煌雅と目が合って、同時に噴き出した。

「碧、指輪……返して」

「え？」

「やり直しだよ」

煌雅は碧の指から指輪を抜く。

額《ひたい》と額《ひたい》をくっつけながら、煌雅が柔らかな声を出す。

「花ケ崎であり窪塚でもある碧さん。愛してる。俺と結婚してください。今度こそ幸せになろう」

「うん、私もあなたのことを昔から愛してます。私の王子さま」

ゆっくりと指輪をはめてもらい、唇を重ね合った。


それから、一ヶ月が経過した。

この一ヶ月で煌雅とは何度もデートを重ねている。昔の時間を取り戻すように。

碧の会社も、一人でやっていくには少し苦しくなってきた時に、里奈から働きたいという申し出があり、いまは友人三人が一緒に働いてくれている。

里奈たちは碧が働いているのを見て、自分たちも働きたいと思ったそうだ。

自分の旦那には文句はないし、大切にしてもらってはいるが、将来なにがあるかわからない。それに、誰かのために働く姿を子どもたちに見せたいとのことだ。

碧にとっては、ありがたい話だったし、顧客の層を考えれば彼女たちほどニーズに合う社員はいない。ただ、昔の碧と同様でどこかズレている部分もあり、おっとりしているので、トラブルも出てきてはいるが、なんとかなっている。

煌雅の両親とも改めて会い、話をした。

もともと娘のようにかわいがってくれていたこともあり、煌雅との結婚を彼の母はとても喜んでくれた。

苦しいこともあったし、どうしてと思うことだってあった。

それでも、立ち上がって、歩いて、進んできてよかった。

隣に煌雅がいてくれれば、これからも震える足を立たせて進むことができる。

いままでのすべてを通じて、碧は碧として生きているのだ。苦しかったことも、辛かったことも昇華させて今度こそ、昔からいままでの自分をひっくるめて好きだと言える。

眠る煌雅の寝顔を見て、碧は幸せな笑みを浮かべた。

結婚に憧れているものの、真面目すぎて恋ができない舟《しゅう》。ある日彼女は停電中のマンションで、とある男性に助けられる。暗くて顔はわからなかったけれど、トキメキを感じた舟は、男性探しを開始！　ところが彼が見つからないばかりか、隣の住人が大嫌いな同僚・西平《にしひら》だと知ってしまう。しかも西平は、なぜか舟に迫ってきて——!?

B6判　定価：本体640円＋税　ISBN 978-4-434-25550-2

家庭的で気遣い屋の若葉《わかば》は、周りから“お母さん”と呼ばれる地味系ＯＬ。そんな彼女が突然、イケメン上司・御影《みかげ》にお持ち帰りされちゃった⁉　強引で俺様な性格の彼なのに、若葉に対してはなぜか熱愛モード。脇役気質の若葉は、そんな彼の溺愛ぶりに戸惑うばかりで——⁉

B6判　定価：640円+税　ISBN 978-4-434-23567-2

この作品に対する皆様のご意見・ご感想をお待ちしております。

おハガキ・お手紙は以下の宛先にお送りください。

【宛先】

〒150-6008 東京都渋谷区恵比寿 4-20-3 恵比寿ｶﾞｰﾃﾞﾝﾌﾟﾚｲｽﾀﾜｰ 8F
（株）アルファポリス　書籍感想係

メールフォームでのご意見・ご感想は右のＱＲコードから、
あるいは以下のワードで検索をかけてください。

アルファポリス　書籍の感想　検索

ご感想はこちらから

俺様御曹司《おれさまおんぞうし》は元令嬢《もとれいじょう》を囲《かこ》い込《こ》みたい

有涼汐（うりょう せき）

2020年 6月 30日初版発行

編集－黒倉あゆ子・反田理美・塙綾子
編集長－太田鉄平
発行者－梶本雄介
発行所－株式会社アルファポリス
〒150-6008 東京都渋谷区恵比寿4-20-3恵比寿ｶﾞｰﾃﾞﾝﾌﾟﾚｲｽﾀﾜｰ8F
TEL 03-6277-1601（営業） 03-6277-1602（編集）
URL https://www.alphapolis.co.jp/
発売元－株式会社星雲社（共同出版社・流通責任出版社）
〒112-0005 東京都文京区水道1-3-30
TEL 03-3868-3275
装丁イラスト－八美☆わん
装丁デザイン－ansyyqdesign
印刷－中央精版印刷株式会社

価格はカバーに表示されてあります。

落丁乱丁の場合はアルファポリスまでご連絡ください。

送料は小社負担でお取り替えします。


ISBN978-4-434-27420-6 C0093